双雄斗智记

张碧梧 著 ※ 华斯比 整理

北京联合出版公司

图书在版编目（CIP）数据

双雄斗智记 / 张碧梧著；华斯比整理 . — 北京：
北京联合出版公司，2022.8
ISBN 978-7-5596-6307-8

Ⅰ . ①双… Ⅱ . ①张… ②华… Ⅲ . ①侦探小说—中国—现代 Ⅳ . ① I246.5

中国版本图书馆 CIP 数据核字（2022）第 114374 号

双雄斗智记

作　　者：张碧梧
整　　理：华斯比
录　　入：曹　圆
出 品 人：赵红仕
策　　划：牧神文化
责任编辑：夏应鹏
特约编辑：华斯比
美术编辑：周伟伟
书衣绘图：Million

北京联合出版公司出版
（北京市西城区德外大街 83 号楼 9 层　100088）
北京联合天畅文化传播公司发行
上海盛通时代印刷有限公司印刷　新华书店经销
字数 160 千字　889 毫米 ×1194 毫米　1/32　7.875 印张
2022 年 8 月第 1 版　2022 年 8 月第 1 次印刷
ISBN 978-7-5596-6307-8
定价：68.00 元

版权所有，侵权必究
未经许可，不得以任何方式复制或抄袭本书部分或全部内容
本书若有质量问题，请与本公司图书销售中心联系调换。
电话：010-65868687 010-64258472-800

整理说明

为最大程度保留晚清民国时期侦探小说的文体风貌，同时尊重作家本人的写作风格及行文习惯，"中国近现代侦探小说拾遗"丛书对所收录作品的句式以及字词用法基本保持原貌，所做处理仅限以下方面：

一、将原文竖排繁体字改为横排简体字；

二、将原文中断句所使用的圈点改为现代标点符号；

三、校正明显误排的文字，包括删衍字、补漏字、改错字等；

四、原作为分期连载作品的，人名、称谓等前后不统一处，已做调整，使之一致；

五、为符合现代汉语规范并顺应当下读者的阅读习惯，已对个别晚清民国时期用字用词进行了调整，现举例如下：

1. "那末"改为"那么"；

2. 程度副词"很"和"狠"混用时，统一为"很"；

3. "账房"和"帐房"混用时，统一为"账房"；

4. "转湾""拐湾""湾曲"等词中的"湾"字，均统一改为"弯"；

5. 用作疑问词的"那"统一改为"哪"；

6. 用在句末的助词"罢"统一改为"吧"；

7.用作第三人称指代"女性"或"人以外的事物"的"他",统一改为"她"或"它"。

由于编者水平有限,其中难免有不足之处,祈请读者批评指正!

目 录
CONTENTS

第一章　浜内之尸　　　　　　　003

第二章　宣　战　　　　　　　　013

第三章　霍桑被擒　　　　　　　026

第四章　华丽之牢房　　　　　　037

第五章　诈　降　　　　　　　　047

第六章　全军覆没　　　　　　　058

第七章　追　　　　　　　　　　069

第八章　橡皮衣　　　　　　　　080

第九章　地　沟　　　　　　　　091

第十章　平野广场　　　　　　　102

第十一章　枪击罗平　　　　　　113

第十二章　金钟罩　　　　　　　123

第十三章　雄　辩　　　　　　　133

第十四章　大　火　　　　　　　144

第十五章	穷搜党窟	157
第十六章	密室与保险箱	166
第十七章	活动墙壁	176
第十八章	走马换将	187
第十九章	甄范同之自述	200
第二十章	安排巧计捉罗平	212
第二十一章	包围党窟	221
第二十二章	罗平被逮	231

编后记　　　　　　　　　　241

英国柯南·达利①勋爵所著之《福尔摩斯侦探案》说部,不下数十种,案情之离奇,结构之缜密,观者莫不拍案叫绝,叹为仅有。

吾友程子小青②,素工译述,年来更著"东方福尔摩斯侦探案"③,已成若干部。其离奇缜密处,较之柯氏,殊不多让。东西媲美,相得乃益彰焉。

顾西方尚有所谓"侠盗亚森·罗苹④"者,尝与福氏一再为仇,各出奇能,互不相下,诡谲变幻,至不可测,诚足令人目眩神迷、心惊胆慑矣。周子瘦鹃⑤,尝译有《福尔摩斯别传》⑥《犹而

---

① 科南·达利:民国时期,《福尔摩斯探案集》作者"柯南·道尔"的一种译名。
② 程小青(1893—1976),原名青心,乳名福林,抗战时期曾改名为程辉斋,曾用笔名金铿等,因苏州居所曰"茧庐",故自称"茧翁"。中国现代侦探小说"第一人",被誉为"东方的柯南·道尔",著有侦探小说代表作"霍桑探案"系列,另译有大量欧美侦探小说,如"斐洛·凡士探案"系列(十一册)、"圣徒奇案"系列(十册)、"陈查礼侦探案全集"(六册)等。
③ 程小青侦探小说代表作"霍桑探案"系列,早期曾以"东方福尔摩斯探案"作为宣传口径。
④ 亚森·罗苹(Arsène Lupin):法国侦探作家莫里斯·勒布朗(Maurice Leblanc,1864—1941)笔下著名的侠盗形象,也常译作"亚森·罗平""亚森·罗宾"。原文中亦出现"亚森·罗宾"的译名,今统一为"亚森·罗苹"。
⑤ 周瘦鹃(1895—1968),原名周国贤,民国时期著名翻译家、作家、编辑出版家和电影评论家,曾参与翻译《福尔摩斯侦探案全集》《亚森·罗苹案全集》等众多欧美侦探小说。
⑥ 《福尔摩斯别传》(全二册),法国侦探作家莫里斯·勒布朗著,周瘦鹃译述,上海中华书局印行,民国六年(1917年)八月初版。该小说原名为 *La Dame blonde*(1908年),今通译作《金发女人》。

登》①，即记此事者。

今者"东方之福尔摩斯"既久已产生，奚可无一"东方亚森·罗苹"应时而出，以与之敌，而互显好身手哉？仆也不才，承周子之嘱，敢成此《双雄斗智记》。

为顾全吾书之意旨起见，不得不誉扬东方亚氏之能，而稍抑东方之福氏。程子得弗怒，吾冒渎耶。

吾书中之亚氏与福氏，虽相视如仇，吾与程子固仍为良友。程子幸勿介介于怀，亦以仇敌视吾也，一笑。

碧梧识

---

① 《犹而登》应为《犹太灯》（全一册），法国侦探作家莫里斯·勒布朗著，周瘦鹃译述，上海中华书局印行，民国六年（1917年）七月初版。该小说原名为 *La Lampe juive*（1908年），今通译作《犹太人油灯》。

第一章　浜内之尸

罗平走进他的秘密办事室，随即把门关上，把手里提着的一个小皮包，很慎重地放到保险箱里，又除去脸上的假面具，脱下手上的橡皮手套，便倒身在一张大靠背椅上，一声不响。看他这样神情，好似经过了许多操心劳力的事，觉得精神十分疲倦了。

过了好一会，他这才慢慢站起身来，点上一支雪茄，一面吸着，一面在室中踱来踱去，有时脸上露出笑容，嘴里叽咕着道："妙呀！叫你死了，还不知道怎样死法。如果你死而有知，才佩服我罗平的手段厉害。"他忽然又蹙起双肩，恨恨地骂道："笨贼，你去了这好几天，为何还不回来？我若专等着你，不是弄坏了我的事么？"

罗平正在自言自语的当儿，忽听得有人敲门，就道："谁呀？推门进来吧。"

那扇室门便开了，去进一个挺胸凸肚的少年来，见了罗平，连忙向前走了两步，施了一礼。

罗平并不理睬，却沉下脸来骂道："我把你这大胆的草上飞，竟敢违抗我的命令？"

那少年不提防，被他骂了两句，心里很有些害怕，胸也不挺了，肚也不凸了，很恭顺地站着，低声回答道："我何敢违背命令？我可真真不敢！"

罗平道："那么我派你到镇江去探听张才森的状况，限你五天，就得回到，为何迟到七天？这不就是违抗我的命令么？"

草上飞道："但其中有个道理，待我讲个明白。"

罗平很躁急道："那么，你就快说吧！说得有理，恕你无罪；否则，党纲具在，我唯有依法处治你。"

草上飞咳了一声嗽道："我到了镇江之后，就打听这位张才森。他果然是个大富翁，在镇江地面上，算是独一无二、无出其右的了。除去他在本地的田地、房产、衣服、首饰不计外，单是存在上海各银行的现款，就有一百多万。因此上他时常到上海来，一个月里，说不定来上六七次。他又为身体舒服起见，在沿铁路各大地方，都买了房产，或是打样定造，作为他的行辕，如苏州、无锡、常州等处，没一处没有。至于上海，更是用不着说的。当时我打听出这些消息，我就想再探明那时他在什么地方，好让我们相机下手。像他那样有名的人物，往哪里去了，地方上的人，岂有不晓得的道理？所以我一问就着，原来他在我到镇江的前一天，为着收买地皮的事，已到苏州去了。我听了这话，就决计追上苏州。"

罗平冷笑了一声道："你也追上苏州么？可曾追上他不成？"

草上飞叹口气道："我在苏州白白地费去两天工夫，也没探出他的所在，不料他却在上海，被人家暗杀死了。这可真出乎我的意料之外！"

罗平含讥带讽地笑道:"我想他又是在你到苏州的前一天,早到上海来了。你怎样处处落人后呢?你又怎样晓得他在上海已被人家暗杀死了呢?"

草上飞很觉惭愧,红着脸道:"我在苏州既未探出他的所在,无可奈何,只好先回上海。"

罗平道:"我派你出去,为着什么?如今空手回来,还有面目见我么?"

草上飞低头不响。

罗平道:"你且说下去吧。"

草上飞又道:"今天早上,我到了上海,就听见人家说虹口芦泾浜,今日出了一件暗杀案。被害的人,面白身肥,是个有钱人的模样,额上现出蓝色的三颗星。这个很为稀奇,当下我听说这话,心中老大纳罕。蓝色的三星,正是我们的党证。我们杀死了人,都得留下这个记号。如今那人额上,也有这个记号,难道他正是被我们党人杀死的么?我一时好奇心动,就顾不得先回来,一直去到芦泾浜。

"恰巧验尸官正在那里检验,验尸官面前的桌上,放着一只金表、一只皮箧,还有一厚叠的钞票。我见了这几样东西,就明白这人所以被暗杀,必非为着钱财,当中定别样道理。我再看那死人的额上,果然有蓝色星三粒,颜色的深浅、星的大小和排列,都和我们的党证一般无二。当时我就决定杀死这人的凶手,必是我们的党人无疑。但是这人死得真奇怪,身上没有一些伤痕,仅仅右臂衣服上,有一个小圆形的火迹,把衣服烧通,直达到皮肤上。有一小块皮肤,也被烧焦。但当场的人都不承认这是致死的原因,于是就起了许多议论,不过都是些理想揣测之词,我不必去多说。

"最可注意的一事,就是大侦探霍桑和助手包朗①也都在那里。旁人看了那火迹,都只以为很奇怪,但霍桑看了,却颠头播脑,似乎已明白了这个所以然。后来警署里侦探,又勘查地上的车迹,说共有汽车的车迹四条,分明是被害的人乘汽车经过这里,那凶手也乘汽车追来,追到这里,就下了毒手,把这人害死。但是这人的汽车夫又往哪里去了呢?若说这人是自己开车,这汽车难道又飞上天去了不成?这不是件奇事么?后来我不愿意再听他们乱猜乱说,就跑了回来。我心想这人既是被我们党人害死,其中的真情,我回来一问,就可明白,何必去听他们乱说呢?"

罗平道:"你见那死人额上有蓝色的星三粒,就断定是我们党人杀死他的么?难道没有旁人敢冒用这个记号,想移祸我们么?"

草上飞道:"这个你未免过虑了。想我们蓝三星党,声势何等浩大,绿林中人,哪个不知,哪个不晓,却都含着十二分的惧怕之意,平日里只敢恭维我们,哪个敢冒犯一些?这样说来,哪有这么一个胆大包身的贼,敢冒用我们的党证,去做他自己的案子呢?所以你疑惑旁人冒用这记号,我是绝对地不敢赞同。"

罗平听了他这番话,正中下怀,就抬抬头、瞪瞪眼,很得意

---

① 霍桑和包朗是程小青"霍桑探案"系列中的侦探和助手角色。

地说道:"你的话原也不错,但杀人的,究竟是谁?若说是我们的党徒,我何以并不晓得?他们敢在私下里杀人么?这还了得?我必得查究一番!"

草上飞道:"你可是真不晓得么?我想我们党人做事,必须先得你的允许,而后方敢动手,所以党人一切的行动,你都能明白。如今哪有这冒失鬼的党人,瞒着你去杀人,还留下那个党证,预备受你的责罚?这是必无的事!你敢是晓得,不肯告诉我么?"

罗平"扑哧"一笑道:"你这个人真是'虽有小才,却办不了大事'。有时你推测事情,也有十九命中;等叫你去做,十有五六,就都难得成功。"

草上飞接着说道:"听你这般说法,定是我们党人杀死那人的了?"

罗平点点头道:"正是我们党人将他杀死。"

草上飞道:"是谁呢?"

罗平笑道:"说起这个人来,远在天边,近在眼前。"

草上飞愣了一愣道:"难道就是你不成?"

罗平笑道:"若不是我,谁有那般本领?"

草上飞道:"张才森既是被你杀死,我就有了几个疑问。你既经派我到镇江去,打探他的消息,又得谁的报告,晓得他已到上海来了呢?你又怎样将他杀死?何以他的尸体上,没有一个伤痕?你想他的钱财,才动了杀死他的念头。如今你已将他杀死,可曾得着他多少钱财?"

罗平道:"说起这些话来,话就长了。其中的情节,将来总有明白的一天。如今也不必细说,大概说一遍给你听吧。"

罗平站起身来,把吸剩的一截雪茄,掷到痰盂里,又换上一支,喝了一杯茶,复行坐在椅上,向草上飞道:"如今话已说明,我也不多责备你。因为并不是你懒惰误公,却是张才森行踪无定,教你一时捉摸不着。"

草上飞欠身说道:"首领能这般宽恕我,真令我感激万状,以后办事,当格外尽心尽力,以图补报。"

罗平摇摇手,叫他莫再说下去,道:"你说这些话做什么?我们虽有党章,无论哪个党人,倘若他误了事,都得依法处治,但实际上却以义气为重。大家能注重义气,做事自然勤恳。没有错误,那么也用不到什么党章了。我忝为这蓝三星党的首领,平日里待遇各党友,都是先讲义气,能够宽恕你们的地方,没有不肯宽恕的。"

草上飞道:"所以各党友当中,没有一个不称赞首领宽宏大量,个个都愿出死力地辅助首领。如今我们党务能这般发达,势力能这般扩大,都是首领辛苦造成。首领真是我们蓝三星党的功臣,蓝三星党的精魂所寄。"

罗平听了这番话,心中十分得意,脸上露出很愉快的笑容,嘴里却说道:"算了吧,你莫拍我的马屁了。我是不喜欢人家拍马屁的。我们且谈正文吧。且说我自从打发你到镇江去后,原想等着你的回信,再作道理。不料事有凑巧,在你动身的第三天,那天午后,我闲着无事,就一个人坐汽车出去兜风。兜到黄浦滩四马路口的当儿,我见天色已将晚,本想弯进四马路回来。当我正要拨转车轮的时候,忽听得一阵喇叭响,只见从四马路里冲出一部汽车来。那汽车的皮篷,不曾张开,我见车中坐着一人,你道是谁?正是我派你去探听的张才森。我心里很奇怪,他是几时到上海来的呢?他在上海地方,本有好几个住处,不知他这次住在什么所在。

"当下我就不弯进四马路,跟在他的车后,一直走过外白渡桥。到了提篮桥附近,那部汽车方才停在一座洋房门口,张才森就走下汽车,推门进去。那部汽车,也就开到车屋里去了。我见那洋房的门头上,装着一盏鸡心门灯,灯上有'京江张'三个黑字。我知道这必是张才森的别墅,他这一次到上海,必然住在这里。但是我想个什么方法,才能得着他的金钱呢?草上飞呀,我的为人,你向来晓得。我虽是绿林中人,做的是强盗生活,但天良未泯,事事都凭着良心。我因为张才森为富不仁、刻薄万状,镇江地方上的人,没一个不恨他,但他有钱有势,都奈何他不得。你在镇江耽搁了二天,也应该有些晓得。"

草上飞道:"正是。我看那些人提起他来,虽不敢明明白白,骂他几声,但意思当中,却非常地恨他。"

罗平道:"这就是了。我正因为这个道理,才决意去抢他的钱财。一则抢了他的钱,并不损德;二则也替镇江地方上的人出口恨气;三则我们蓝三星党也可得着一笔大大的经费。我因为这三层道理,不论经过什么困难,必得弄到他的金钱,方肯罢手。但想什么法子去弄呢?起初我想黑夜里,偷进他的别墅,撬开他的保险箱。后来一想他的保险箱里,未必有多少现款,若把那些契据一并拿来,非但无用,而且足为破案的引线。因为张才森既知契据被窃,必定立刻知照各方面,作为无效。我若仍拿那些契据,向各方面去讨钱或是抵押,人家见了,自然说我是贼,把我捉住。我不是自投罗网么?因此我不愿去到张才森的别墅,偷他有限的金钱,必得想个妙法,大大地偷他一偷,才能称心满意。但是这个妙法儿可就难想极了,一连想了三天,才算想着。"

草上飞道:"你素来足智多谋,随意想个法儿,已觉出奇惊众,而况费了三天的工夫,这个法儿,必然妙到极点了。"

罗平道:"你且听我说吧。我想他的大宗现款,都存在各银行里,必须想个法儿,能到银行里去支付。那么我就想到向银行里付款,都靠着签字或是图章。张才森是个老旧派,未必喜欢签字,必然用的图章。又想他无事不到上海,既然到了上海,必是为着生意上的事。既然为着生意上的事,说不定要随时支付款项。因此我就断定那块图章,他必然随身带着。我若要弄到这块图章,自必须从他身边着想。我想来想去,就不得不借重我那电枪了。"

草上飞道:"什么电枪?这名字可新颖极了。"

罗平道:"说起这电枪来,我费了五六年的工夫,方才造成。它由机械的作用,能够发出一种电流。这电流射发出来,若在二百步以内,不能扩成圆形,却是一直地射出去。其形如线,触在人的身上,人就得麻醉而死。死了以后,除了衣服和皮肤上有一块烧焦的痕迹以外,一些伤痕也没有。"

草上飞霍地跳起来道:"怪不得张才森的尸体上,只有那烧焦的痕迹呢!但你怎样射死他的呢?"

罗平道："我既想定了方法，就又着意去寻动手的机会，就探得张才森每天大早，都乘他自己的汽车出来。我就得了主意。今天天色黎明的时候，我就带了那电枪，和一个帮手，乘汽车先到提篮桥附近等着他。不多一会，果见张才森乘着汽车来了。我见那里人多，未便动手，就先紧紧地跟着他。恰巧他的车子，直向芦泾浜去，大概去兜风、乘早凉的。我跟他到了芦泾浜，见那里地僻人稀，正是下手的好所在。我就开足汽车的马达，追上前去。差不多和他的车子，成了平行线，我就用电枪向他放了一枪，他便立刻倒在车里。他那汽车夫还想开车逃走，却早已被我们拦住，用迷药把他迷了。又在张才森的身边一搜，果然搜出一本银行支票簿，和一块图章。再把他的尸体掷到浜里，又叫我那帮手把张才森的汽车和汽车夫，开到我们的秘密巢穴，我就立刻在那本支票簿，填了三十万的支票，盖上图章，到银行去支付。那时张才森的死信，还未传扬出来，银行里自然照付。如今这三十万元，已安安稳稳地睡在我的保险箱里了。草上飞，你想我这个法子，可不是十分高明么？"

草上飞拍手叫好道："妙极了！人不知，鬼不觉，弄到三十万元。这个妙法儿，亏你想得出。"

罗平笑着不响。

草上飞道："可有一层，你必得注意。如今这件案子，已由霍桑大侦探。他诡计多端、令人莫测，你必得提防他些才是。"

罗平沉下脸来道："霍桑虽有'东方福尔摩斯'之名，但我比较那西方的亚森·罗苹，自信也不差上下。倘若霍桑敢和我来作对,我必叫他死无葬身之地。"

草上飞道:"话虽这般说,总以小心为是。"

罗平道:"我不必拿出别样手段来,就是我那电枪,已尽够他享用了。你且等着看吧。"

第二章 宣 战

罗平说完这几句话，挺直了身子，坐在椅子上。他那副锐利如鹰的眼光，直射在那保险箱上，心里说道："我有了这电气枪，好似我生了三头六臂。不论什么英雄好汉，我也不怕。别说是东方的福尔摩斯，就是真个西方福尔摩斯来了，可也奈何我不得。"他心里这样说，脸上就露出岸傲的神气。

草上飞本也是心灵眼快的人，见他这般神气，早就料到他心里的意思，一声不响，过了一会，方才慢慢说道："首领听着，非是我长他人的志气，灭自己的威风。俗语说得好，'强中更有强中手'。首领虽有了这自家发明的电气枪，据首领说起来，果然厉害，似乎没人抵挡得住。但是霍桑何等的机警，何等的才干，也决不是个好惹的人。"

罗平笑道："他虽有些鬼聪明，我这电气枪，却不怕他的聪明啊！"

草上飞道："不是这般说。我已料定霍桑不料理这件案子便罢，倘若他来料理，自必有他的诡计。我且料定他已晓得张才森的死，必是受了电气。"

罗平很诧异道："你如何料得这层？难道他在验尸场上，曾发表过意见么？"

草上飞道："他虽未发表过意见，但我看他那种颠头播脑的神气，似已有所领悟。"

罗平道："纵然他有所领悟，但必想不到，我这电气枪的厉害，那么他就无从防备。但我却有机可乘，置他于死地了。"

草上飞道："非是我好说不知趣的话。霍桑那人真是诡计多端。且看这几年来，他所破获的奇案，已不知有多少件。譬如'江南燕''断指党'和'长春妓'①，案情都很稀奇，令人不可捉摸。他却能搜奇索隐，弄到贼人东逃西走，无处藏身。霍桑的大名，因此就轰传远近，几乎无人不知，无人不晓。万一如今他和我们做起对头来，最后的胜败，虽不可以预定，但首领务宜小心，千万不可大意。不是我说句不吉祥的话，首领是我们蓝三星党的灵魂，倘若首领有什么差池，我们这蓝三星党，就根本上受了动摇。这好几百个党人，叫他们投奔何处？所以首领看在蓝三星党的面上，也得格外谨慎些才是。"

罗平有些不耐烦道："你这张噜苏②嘴，可真厌烦煞人了。你的意见，我都晓得，却是你的好意。但我自有我的办法，你不必再往下说了。"

草上飞见他不耐烦，也怕再说下去，惹他动气，就趁这机会，

---

① 《江南燕》《断指党》《长春妓》三个故事均属于程小青的"霍桑探案"系列。
② 噜苏：方言，啰唆。

走出罗平的秘密办事室。

霍桑和包朗在验尸场上,验过张才森的尸体,见他身上并无伤痕,只有臂上一小块焦迹,再细察看这个焦迹,心中早已有些明白,但还怕有万一之错,受人家的嘲笑,所以当时是未发表意见。

验尸官久仰霍桑的大名,就问他道:"据你看来,这是件谋财害命案呢,还是件仇杀案呢?"

霍桑道:"这个一时不能下断语。照表面的情形看起来,金表和钞票,都仍旧在死者的袋中,这就必不是谋财害命案,或者是仇杀。然而据我的历年侦探经验上说起来,每有一件案子,似乎是如此,实则却如彼。所以如今张才森之死,究竟是谋财害命,还是仇杀,现在却难预料,须等将来案情大白后,方可知晓。"

官家侦探甄范同从旁插嘴道:"做侦探的,当有先见之明。我料定这必是件仇杀案。"说着,瞪了霍桑一眼。

霍桑并不和他争辩,但道:"这却也说不定。"

验尸官道:"死者身上并无伤痕,何以致死的呢?"

霍桑不响。

甄范同道:"这个且待我去探访,终能明白。"

验尸官又道:"死者额头上有蓝色星三粒,却是什么道理?难道是贼人的暗记不成?"

甄范同道:"这个你可就多虑了。你想一个人既犯了杀人的大罪,逃去还来不及,哪敢还留下记号?"

包朗听他说这几句话,觉得他的侦探知识,未免太简单了,不由得"扑哧"笑出来。

霍桑连忙向他丢个眼色,叫他莫笑。

甄范同倒很留心他,早就看见,因指着他向验尸官道:"他既从旁取笑我,想来他总有所见独到的地方,就请你问吧。"

验尸官就向包朗道:"你有什么见解,不妨说出来,大家讨论讨论。"

包朗被他这一问,很觉得为难起来,看霍桑的神气,似乎不要他说,但又怎样回答验尸官呢?

他正在进退两难的时候,霍桑已向前替他回道:"总而言之,现在所说的话,不过都是些揣测之词,又何必去多说?还是据实探案要紧。而且我们是来看热闹的人,更不便多发议论,就此告辞。"说完,便挽着包朗的臂,坐黄包车回到家里。

包朗笑道:"方才若不是你,我真就回答不上了。"

霍桑也笑道:"你这样的拙口钝腮,还想做侦探么?你家里还有几亩田,还是回去自耕自食吧。"

包朗道:"但是做你的助手,受你的熏陶,包管不多几年,我也就嘴能舌辩,手段敏捷了。"

霍桑道:"闲话少讲。你看那甄范同,真是个'真饭桶',一些见识没有,还很嫉妒我们。其实各做各的事,谁有本领,谁先破案。"

包朗抢着问道:"你怎么说各做各的事呀?难道你也想去侦探这件案么?"

霍桑道："正是。我已空闲得久了，很觉技痒难熬，大可借此消遣。"

包朗道："你真说得写意，费精劳神去探案，还得冒险，怎么说是消遣？"

霍桑道："这就是各人的嗜好不同了。我喜欢做这种生活，虽冒万险，还觉得有趣。越是案情奇险，我越觉得有趣。"

包朗道："这样说来，张才森之死，定然是很奇怪，所以才引动你的好奇心了。"

霍桑道："你这句话又说得错了。普通的案件，是奇在案未发现以前，但是这案的奇处，却在案发之后。"

包朗道："此话怎讲？我可有些不懂。"

霍桑道："这有什么不懂呢？我们侦探普通的案件，都是要探明事前种种的酝酿，和经过的情形。能明白了这些，这案自然就破了。这不是'普通的案件，是奇在案未发现以前'么？但是这件案子，案未发现以前的情形，却很简单，我都能料想得到。如今要破获这案，委实不易，必有许多惊心动魄的事实，演将出来。所以必须有个奇才异能的人，应付这种种的事实，案或者能破，凶手或能捉住。像官家侦探甄范同那等人物，真不是凶人的对手呢！"

包朗道："所谓'奇才异能的人'，自然是你了。但是你既非官家侦探，官厅里也未曾拜托你，你不如放安稳些，何必去管这闲事？"

霍桑道："我的好奇心既然动了，就再也按捺不住。"

包朗道:"你既说得这般深切有味,想来这件案子,定非寻常的案子可比。你可曾得着些破绽或是线索么?"

霍桑笑道:"我方才已经说过,这件案子未发生以前的情形,我都能料想得到。"

包朗道:"但是我一些也不晓得,好似坐在鼓里,真正闷得慌,你可能告诉我听么?"

霍桑道:"我大概讲给你听吧。张才森所以被人暗杀,必然是谋财害命。只因为那凶手的眼光,落在大处,所以不要金表、钞票。至于张才森的死法,我从他臂上一个焦迹着想,必是受了特别的电气感触,就麻醉而死。"

包朗道:"那么这个凶手,必然是个受过教育的科学之贼,才会使用什么特别的电气。"

霍桑道:"这个自然。那个凶手,且必是一个大贼党的党人。你且看张才森的额头上,不是有蓝色的星三粒么?这定就是他们的党证。我细想起来,说不定那个贼党,就叫作'蓝三星党'"。

包朗道:"倘若果然如此,你一个人去和他们一党的人,争个雌雄、胜负,不是很危险的么?"

霍桑道:"我也明知其危险,但为好奇心所激奋,却顾不得什么危险了。"

他们二人正谈到这里,忽见一个下人送进一封信来,递给霍桑。

霍桑接过来一看,不由得呆了一呆。

原来信封的左方角上,分明印着三粒蓝色的星。

霍桑就道:"包朗,你看吧,蓝色三星,果然是他们的党证。这封信不啻就是他们和我的宣战书了。"说罢,拆开这封信。

抽出一张信纸,左方角上,也有同样的三粒蓝色星,上面写道:

霍桑先生台览:

仰慕大名久矣。第以身份悬殊,未能趋候,怅怅。

兹者,张才森之死,实为吾党所杀。吾党磊落光明,素不做讳人之事,既敢为之于先,自能善之于后。掩瞒隐蔽,怯夫所为,吾党所深耻焉。

兹者,颇闻先生拟插身此事,则不能不进一忠告。君如明达,幸勿预闻此与己无关之事,亦即自全之道。若必欲自诩聪明,妄弄手段,则吾党亦多健者,请各聚精会神,一决雌雄可也。

如何?希三思之。

蓝三星党　启

霍桑看完这封信,笑了一笑,道:"果不出我所料,哀的美敦书①来了。但是我的意思,已经决定。他虽这般说含有恫吓的意思,但哪能吓退了我?最后的雌雄,不妨争竞一下。"

---

① 哀的美敦书:英语 ultimatum 的译音,即"最后通牒"。

包朗道:"蓝三星党,从未曾听见过,大约是个新组织的贼党,但不知党魁是谁。"

霍桑道:"这个蓝三星党,我已久有所闻,但先前势力还薄弱,未曾大活动过,所以社会上的人还不很晓得。至于党魁,却是个有名的盗贼,姓'罗'名'平',平日里,自居为'东方的亚森·罗苹'。"

包朗笑道:"有了你这'东方的福尔摩斯',自当有个'东方的亚森·罗苹',做起对手来,才不寂寞呀!但是福尔摩斯,时常吃亚森·罗苹的苦,你还得格外留神些,莫也上他的当才好。"

霍桑道:"你这就太看重他了。我屡破奇案,迭获巨盗。人家都钦仰我,才送给我这个绰号。至于他那个'东方亚森·罗苹'的头衔,却是他自己加上的,吓吓大家。他的本领,恐未必能及西方亚森·罗苹万分之一呢!但是话虽这般说,我必得处处留心些,才是道理。"

包朗道:"你已决意和他们分个高下么?"

霍桑道:"这个自然。如今已成骑虎之势,欲罢不能。假如我现在束手不问这事,蓝三星党还以为我接到他们的信,吓得不敢过问了。我怎能下这个台?"

包朗道:"但是怎样着手呢?"

霍桑道:"我想先救出张才森的汽车夫,当时的情形,就可明白了。"

包朗道:"张才森的汽车夫,往哪里去了呢?"

霍桑道:"他自然被蓝三星党人劫去,被他们拘囚起来。"

包朗道："那么，要救出这汽车夫，必须先晓得他们的巢穴，然后才可下手。但他们的巢穴，又在哪里呢？"

霍桑道："我倒有些晓得，但是他们有好几个巢穴，平日里，来去无定，今天住在东，明天又住到西，委实捉摸不定。这汽车夫不知被他们囚在哪里。"

包朗道："倘若那些地名，你都晓得，我们就挨着去搜，总可搜到。"

霍森道："这可很不容易。我听说他们巢穴里，处处装着机关。慢说陌生人走进去，就得上他们的圈套，就是他们党里除了重要的党人外，其余普通的党人，也不能晓得这机关的所在和躲避的方法。事实上既如此危险，我们若冒冒失失，想冲将进去，必定方才动脚，已落到他们陷阱里去了。"

包朗道："这便如何是好呢？"

霍桑道："然而也怕不了许多，只好向前做去，再随机应变便了。"

包朗道："我们先探他哪一个巢穴呢？"

霍桑想了一念，道："据我想来，他们在桃源路有一个巢穴。那里地方既偏僻，他们的房屋也很多，那汽车夫说不定就被囚在那里。"

包朗道："既然如此，我们就先探那里便了。"

霍桑道："好。"又道："事不宜迟，迟恐生变。我们就是今晚前往。"

包朗本是跟着霍桑行事的，自然满口答应。

这时天色已将晚，二人吃过晚饭后，就结束停当，预备前往。

霍桑拿了一支手枪，揣在衣袋里，又向包朗道："你可带了手枪么？"

包朗道："我们这一番去，是暗地里侦探，并非和他明枪交战，似乎用不着手枪。"

霍桑笑道："你又说呆话了。你还记得上次吃那不带手枪的苦么？虽是暗中侦探，万一遇着危急的事，就非手枪不可了。你还是带了去吧。"

包朗答应着，也就揣上一柄手枪。

霍桑又带了几件应用的东西，正要走出去，忽听得门铃叮叮地响起来。

霍桑道："这般晚，还有什么人来？"

不多一会，一个下人就送上一张名片。霍桑一看，来的不是别人，正是官家侦探甄范同。

霍桑道："他跑来做什么？这就奇了！"当即始呼下人把甄范同引到客堂。

霍桑也就走出来，和甄范同相见，各分宾主坐下。

甄范同先说道："今天早上，我在验尸场上，看见你那副神情，据我们侦探家的眼光，料定你的心里对于这件案子，已有充分的了解，或者因验尸场上人多嘴杂，所以不曾发表。此刻我特地到这里来，请你指教！"

霍桑听他的话音中，很含着讥讽的意思，心下大不快，但并不露到脸上，还是慢慢地回答道："这个就是你神经过敏了。我何尝有充分的了解？且我既未奉官厅的委任，亦未得死者家属的嘱托，我又不愿过问这件事，所以我对于这案的案情，一概都未去研究。"

甄范同道："你不过问这件案子，再好也没有了。因为这件案子，有非常的奇幻和变化，万一你智虑不周，竟然失败，现在所有的这点微名，都将断送个干净。"

霍桑听了这话，心里更不舒服。

甄范同又道："我是为着请你指教来的，不料你既未研究，自然没有什么心得。算我白跑了一次，就此告辞了。"

霍桑也不挽留，送他出去，就对包朗道："甄范同好似和我赌气来的，说的话太无道理。这样的侦探，还想破获案子么？除非等到太阳从西方出的那天。我们被他又耽搁了一会，赶快去吧。"

当下他们二人走出大门，坐上两部黄包车，一直向桃源路去。

霍桑心想："到了那里再下车，倘被蓝三星党人看见，说不定起了疑心，各事就有了防备，那时我们办事必然很棘手。"

所以他们的车子到了西凉路，霍桑就招呼停车，和包朗都下了车，给了车钱，步行前去。

从西凉路向南转两个弯，就是桃源路。这桃源路很寂静，只有两三所洋房，都是人家的别墅，预备夏天来避暑住的。如今是深秋天气，这些别墅当中，只有几个看门人，临街的那些百叶窗里，都是黑魅魅的，只有左边那所高大洋房里面，却露出些灯光，明明有人住着。

霍桑和包朗就走到这所洋房前面，见两扇大门，都已关着，门头上装着一盏鸡心门灯,灯上有"潜庐"两个黑字。

霍桑向包朗低低地说道:"说什么'潜庐',却是个制造罪恶的工厂,住在里面的人,正非常活动呢!"

霍桑伸手把大门推了一下,却丝毫不动,晓得里面已上闩加锁,一时恐撬不开。他就从左边兜到洋房的后面,见一道后门,也关得铁筒似的。

包朗道:"前后门都是这般,我们从哪里进去呢?若不进去,又怎能探出里面的消息呢?"

霍桑道:"你且莫性急。我记得这洋房的右边,有一道侧门,不知关也未关。我们且去看个仔细。"

二人就又走到洋房的右边,见果然有道侧门。

霍桑轻轻推了一推,就听得"吱呀"一声。霍桑连忙缩住手,向包朗道:"这道门开着,我们就从这里进去吧。"

包朗道:"很好,让我先走。"说着,就要推门进去。

霍桑一把拉住他,道:"你为何这等冒失?我方才轻轻推这扇门,已经有了声音。你若把它直冲开来,怕不要惊动里面的人么?你且站开些,让我来推开这门,包管你没一些声息。"

霍桑侧着身子,把一个头紧贴在门上,用那一只手,从门缝里进去,抓住门背上的横木,一面把门向上提,一面又把门往里推。这样一来,门和门窠子,就不能十分地靠紧,也就不能磨擦出声音来了。

霍桑忙了五分钟的工夫,这道侧门居然大开,但里面漆黑无光,一些也看不见什么。

霍桑道："方才我们还看见灯光，如今忽然没有了。难道他们已看见我们，有了预备不成？我们应得格外当心些！"

包朗道："门已经弄开了，我们必得进去的了，管它这些做什么呢？不入虎穴，焉得虎子？待我先进去。"说着，大踏步就往里走。

霍桑想拉住他，已来不及，只见他方才跨进门限，就听得"扑通"的一声，包朗早已不知去向，连黑影子也看不见了。

霍桑知已中计，不觉大惊，连忙隐身到暗处，幸而不曾被人看见，这才心定了一半，但是包朗已被他们党人捉去了。

第三章　霍桑被擒

罗平笑嘻嘻地向着他的部下道："天色快晚了，我们的大功也快告成了。可笑那绰号'东方福尔摩斯'的霍桑，今天也将堕入我的樊笼，死在我的手里。从此以后，除去这一个劲敌，我们蓝三星党就可横行一世，毫无顾忌了。"说完，就抬起头，张开大嘴，哈哈地一阵大笑，好似他已经捉住霍桑，十分得意一般。

可是霍桑并未曾捉住，所以他的部下见他这样，心中都有些奇怪，猜不着他的意思。当中有一个人混名叫作"冲天炮"的，性情素来暴躁，不能受一些闷气，这时听了这含糊的话，可再也按捺不住，放出他那破竹的声音问罗平道："你所说的话，我可委实不懂了。霍桑怎能堕入我们的樊笼，死在我们的手里呢？这个必得请你说个明白，免得把我闷在鼓里，受那闷气。"

罗平还是笑嘻嘻地道："偏是你性急，我自得说个明白呀！今天我不是曾送给霍桑一封信么？我料他接到我那封信，不出今晚，必寻到这里。这里是什么所在？一处有一处的陷阱，一步有一步的机关，简直是布下天罗地网。他不来到这里便罢，既然来了，还怕他插翅飞上天去不成？"

冲天炮道："是呀！倘若他胆敢到这里来，包管他有来的路，无去的路。"

草上飞从旁边插嘴道:"慢着!你们越说我越不懂了。首领写给霍桑的那封信,我也曾看见,上面写的是叫霍桑不必多管闲事,免得身遭不测。如今首领又何以说霍桑接到那封信,必然来到这里呢?"

罗平道:"这层道理,很为深妙,无怪你不能想到。你想霍桑是何等样的脚色①?'东方福尔摩斯'的绰号,非等闲可以得着。难道他接到我那封信,见我叫他莫管闲事,他就吓得真不敢管么?要晓得我越叫他莫管,他必越管得起劲,那么才好卖弄他的胆力和本领。我料到这层,就有意写封信给他,加加他的劲儿,好叫他快些出来,我们也可早些成功。兵法上有句话叫作'知己知彼,百战百胜'。如今我既已知彼,哪还有战而不胜的道理?我们不必多说闲话,快去拿几壶酒来,一面喝酒,一面等霍桑来自投罗网吧。"

罗平和几个亲信的部下,围绕一张方桌子团团坐着,桌上放着几样菜和几壶酒。

罗平首先斟上一杯,举起向大众道:"我们大家同喝一杯,庆贺我们大功告成。包管不出两三个小时,那个绰号'东方福尔摩斯'的霍桑,就服服帖帖地站在我们面前,随便我们怎样处置了。"

---

① 脚色:精明能干、厉害的人物(有时含贬义)。

当下大众都斟了一杯酒，同声说道："都仗首领的才能，去了我们蓝三星党的劲敌。"于是大众都一口气喝完。

草上飞又道："不是我说句杞人忧天的话。我们这里虽是处处埋伏着机关，外来的人，不知底细，动一动脚，伸一伸手，都得触着机关，再也莫想逃走；但是霍桑非寻常人可比，平日里何等精细，思虑得何等周到！我想他接到首领的那封信，早已猜着首领的意思，未必冒冒失失跑到这里来。纵使来了，也必处处当心，未必就糊里糊涂，中了我们的埋伏。首领虽说是'知己知彼，百战百胜'，我恐怕首领还是知彼不详，或者有万一之失呢！"

罗平听了这番话，没说什么，只笑了一笑，却怒恼了冲天炮，从椅子上跳起来，道："你快住口！休得再往下说了！难道我们首领不是霍桑那厮的对手么？你也太轻视首领了。首领方才说今天晚上霍桑定到这里来。且等首领捉住霍桑，那时再问你究竟谁的本领高强，好叫你受一番教训，下次不敢乱说。"

草上飞见冲天炮真个急了，素来晓得他的脾气暴躁，就也不和他计较，连忙带笑向他说道："你怎地这般性急？我说这番话，并非重视霍桑，也非轻视首领。俗语说得好，'强中更有强中手'。不可过分自满，宜乎格外小心为是。你莫误会了我的意思。"

冲天炮还是怒冲冲地说道："你安见得霍桑的本领，比我们首领更强？又安见得我们首领不是霍桑的对手？真是一派胡言！依我的心，就得请你吃两下耳光，方消我心头恨气。"

罗平起初只管喝酒，不去理睬他们，如今见他们竟斗起嘴来，冲天炮向来说一是一，万一真个动手，还成什么体统，就连忙先拦住草上飞莫响，又向冲天炮道："你也莫再说什么了。他轻视我，我不生气，要你发急做什么呢？"

冲天炮嚷道："不是这般说。首领是蓝三星党的灵魂，他敢轻视首领，就是轻视我们蓝三星党。凡是我们蓝三星党的党人，都应当和他讲理。"

罗平道："算了吧。越说得深，事情越弄大了。霍桑还未捉住，我们内部先就争执，实在不是个道理。对内还不能融洽，还说什么对外成功呢？你快坐下来喝酒吧，时候已不早了，霍桑就得来咧。"

冲天炮一肚皮的恨气，虽还未平，但见首领这般说法，也不敢十分违拗，就恶狠狠地望了草上飞一眼，坐下去喝酒。

草上飞受了冲天炮这一顿的数说，心中也很不平，但在首领面前，也不敢过于放肆，只得忍下一口气，也狠命地回望了冲天炮一眼。

他们两人斗了这几句嘴，本没甚要紧，可把众人的话头都打断了，如今再要寻个话头，一时却没寻处，都一声不响地喝闷酒。

过了不多一会，忽有一阵铃响，叮叮当当，好似开八音机器一般。

冲天跑冒冒失失跳起来，道："电话来了，让我去接！"说着，就向电话间跑。

罗平喊住他，道："你莫性急，且听个仔细。这是电话机上的铃声么？"

冲天炮站着再听，又是一阵乱响，比方才响得更厉害，果然不像电话机上的铃声，就呆起面孔问道："这是哪里来的铃声？"

罗平笑着回答道："这阵铃声，是来报告霍桑已被我们捉住了。"

冲天炮直嚷出来道："真的么？在什么地方？让我去把霍桑捆个结实。"

罗平道："你且莫问在什么地方。你们可晓得这铃声从哪里来的？霍桑被我们捉住，何以有这铃声？你们且猜出这个道理来。"

先前大众没想到这层，并不觉得这铃声来得奇怪，此刻被罗平一语道破，果然觉得十分稀奇，都猜不出是个什么道理。

冲天炮又发急道："管它什么道理，随后再猜，如今去捆霍桑要紧，莫叫他再逃走出去。"

罗平道："这个你尽管放心。不论什么人，不中我的机关便罢，倘若中了，他纵然生出翅膀来，也莫想飞出去。且待我把这个道理，讲给你们听，让你们明白究竟，再去捆霍桑也不为迟。"

大众见罗平说得这般有味，料到其中定有奥妙，就都连声道"好"。

罗平又斟上一杯酒，一口气喝完了，道："这铃声原是电铃，是我新近埋伏下的机关。这机关的实在，一经说穿，却没甚稀奇。但是不晓得的人，没一个能逃得过去。原来我在这房子的右边侧门里面，设了一个陷阱，上面铺着翻板，和地面一般无二。慢说黑暗里看不出，就是清天白日，也莫想看出一些破绽。只要人踏上翻板，这板上装设的机关，一受压力，就一齐翻转身来。踏在板上的人，自然身不由主，跌到陷阱里去。

"陷阱里面，又装好一个小电池，虽是用的干电，电力却很充足。有一根电线直通到这室里，就是那边衣架后面的一只电铃。一个人猛地里跌到陷阱里，自然有很大的力量，却不歪不斜，正跌在那小电池上面。电池上面有一根电针，受了这压力，就发生出电浪。这电浪就顺着那根电线传到这室里的电铃上，电铃自然叮叮当当地响将起来，报告陷阱里面，已跌下人去了。那人跌到陷阱里，当然想跳上来。他跳一次，这电铃就得响一次。我原是依着普通电铃的原理，制造成这种电铃的特别用处，说它稀奇，原不稀奇，但是也觉得很新颖呢！"

大众听了罗平这番解说，方才恍然大悟，同声称奇。

冲天炮又道："首领既然设下这种绝妙的机关，如何不先告诉我们？我们不晓得那侧门里面，有这陷阱，万一踏到那翻板上面去，不是也得跌一跤，骨头受点痛苦么？"

罗平笑道："偏是你的话多。我岂有想不到这层的道理？早已派了两个人埋伏在那侧门的两旁，专门管理这事。原来那翻板也有开闭的机关。若是机关闭上，那翻板就如平地一般，慢说是翻身，连摇动也不摇动。那两个人伏在两旁，窥探出进的人。如果是生人，就把机关开了，那人就得跌下陷阱，莫想逃得过去。"

冲天炮道："这样还好。如若不然，首领时时布设新机关，也不告诉我们，我们糊里糊涂，走出走进，不是都得先来做新机关的试验品么？"

罗平笑了一笑，道："我既已说明这机关的情形，我们就去捆霍桑吧。"

于是罗平在前，众人跟在后面，一直向那侧门去了。

不多一会,就到了那里。忽然暗地里扑扑跳出两个人来,挺直地站着,向罗平行了个举手礼。

冲天炮没看清,只道是敌人想来加害罗平,直急得他大喊一声,跃身向前,伸手就打,却被罗平一把拉住道:"你又为何这般模样?"

冲天炮道:"他们是敌人,举手要打你,我焉能不打还他们?"

罗平"扑哧"笑出来道:"真正的敌人已跌在陷阱里,怎能出来打我?这两个人原也是我的部下,就是我方才说过特地派他们在此,管理这个机关的。"

冲天炮见自己弄错了,把同党当作敌人,很觉得难为情,伸出去打人的那只手,就慢慢地缩转来,但嘴里还问道:"那么跌在陷阱里的那个敌人呢?他们为何不捆将上来,献与首领?何必还等首领来自己动手呢?"

罗平道:"这个你就又不晓得了。这两个人我虽派在这里,却只晓得开闭翻板的机关。至于跌到陷阱里的人,怎样再拖将出来,他们却全不知道,非得我自己动手不可。这也是我格外慎重,恐怕他们得贿卖放的缘故。"

罗平说时,早就走到侧门旁边,伸手到侧门后面,不知怎样一弄,只见那翻板都自行移到旁边去,露出一个直径四尺的大圆坑来。

冲天炮连忙去到坑沿,低头往下看,却黑洞洞的不见一物,只听得下面咔嗒的几声响,方才见有一个铁丝网升将上来,网中裹着一个人。

冲天炮知道这必是敌人,伸手就想去拖。

罗平早又把他拉住,道:"你莫去拖,拖也拖不出,且等我来。"说着,就把网上的一根粗铁丝抽了一抽,那网就张开一张大嘴。

早有那管理机关的两个人,把网里裹着的那个人拖到外面。麻绳早已预备好,两人就一齐动手,好似捆小猪一般,把这人捆个结实,一动也不能动。

罗平又在侧门后面做了一些手脚,这铁丝网又落下去,翻板也回到原处。他这才满脸露出笑容,走到这人面前,望了一眼,笑容立刻没有了,反显出很诧异的神情,嘴里叽咕着道:"我道是捉住霍桑,原来是这个囊包。也罢,你们且把他押到我的办事室里,我有话问他。"说完,反身就走,走了不多几步,又回头向那管理机关的两个人道:"我料定今晚再没有外人来了,你们把这侧门关上吧。"

罗平坐在大靠背椅上,雄赳赳,气昂昂,高声喝问道:"你不就是霍桑的小卒包朗么?"

这时包朗反捆着两只手,站在室门旁边,心想:"既已堕入贼人的奸计,被他们捉住,他们岂肯罢休?必定要拿要出很恶毒的手段,对待与我,我恐怕有死无生了。我原不怕死,但是急坏了霍桑,那便如何是好?霍桑平日里很爱惜我,如今见我被擒,他自然急得什么似的,又必然奋不顾身,设法救我。万一再有疏虞,他又中计,岂不是因为救我的性命,反送掉他的性命么?"

包朗想到这里，直急得汗如雨下，又回想道："但是霍桑为人很精细。他虽富于冒险性质，但必须先有些把握，方肯进行，决非那匹夫之勇可比。如今他虽则要救我，他必先想出个善法，才肯动手。他既然有了善法，贼人的奸计必然奈何他不得了。我又何必多愁多忧呢？但是有一层，我如何被擒、如今是怎样的情形，必得通个消息给他，让他暂为放心才好。但是四围的空气这般险恶，我怎能传出个消息呢？"

包朗只管独自思量，罗平问他的话，并未听见。

罗平又大声道："呔！我问你的话，你为何不响？你可是霍桑的小卒，名叫包朗么？"

包朗也抗声应道："正是！你老爷正是包朗！"

罗平笑道："如今你已做了阶下囚，还敢自称'老爷'么？我且问你，你可是随着霍桑到这里来的么？"

包朗道："明人不做暗事。我正是随霍桑来的，预备探明你们的巢穴，调集官兵捉你们个干净，替张才森报仇，并替社会上除去一个大害。只怪我性子急些，一时疏忽，就中了你们的奸计。这是我自不小心，并非你们设计巧妙。"

罗平笑道："看不出你这个囊包，倒很善于词令，但我并不和你赌口才，你也莫多掉舌了。我有几句话问你，想你既自称'明人不做暗事'，自然肯照实告诉我。"

包朗道："这个自然。我们都是光明磊落的大丈夫，向不做暗昧的事。你只管问我便了。"

罗平道："当你被擒的时候，霍桑在什么地方？"

包朗道:"这真是他命不该绝,也就是你们恶贯满盈。我们在那侧门外面,偏偏他退后一步,就没中你们的机关。一见我被擒,他自然立刻回去,再想别法来处治你们。霍桑的大名,想你们久已闻知,'东方福尔摩斯',哪个不知晓?"

罗平道:"算了吧。他既是东方的福尔摩斯,你就是东方的华生了,如何这等没用,一动就被擒呢?华生如此,福尔摩斯也就可想而知。我们蓝三星党是毫不惧怯的。"

包朗道:"你莫嘴强,总有一天叫你们惧怯。"

罗平道:"且等到那天再说。如今我还有件事请你,请你写一封信给霍桑,就说'刻已被擒,方拘在左方矮屋之内'。你若肯答应时,我就另眼看待与你。否则我枪机一按,你就立刻一命呜呼。"说着,就举起手枪,直对着包朗。

包朗虽不是怕死,但既然还有求生之望,又何必瞑目待毙,心想:"不如就答应他,写这一封信,也好让霍桑晓得我还未死,再设法救我出去。"主意打定,就道:"写信未尝不可,但是你们着人送给霍桑,还是从邮局寄去呢?"

罗平道:"我想从邮局寄去,免得着人送往,又生波折。"

包朗道:"好。"

罗平就命人松了包朗的绑,包朗就依着罗平说的话写了一封信,还怕霍桑见了不信,疑惑是贼人假设,诱他来自入樊笼,就又签上字,使得他十分相信。

罗平看了一遍,向包朗笑了一笑,立刻叫他手下人把包朗押到地窖中去,又道:"我想包朗被擒,霍桑必还在这屋的附近,窥探动静。我们就将计就计,捉拿与他。"当下把包朗方才写的那封信,递给草上飞,又和他附着耳朵,叽叽咕咕,不知说些什么。

只见草上飞满脸含着笑容去了,好似心中十分得意似的。

大约过了两个小时,他就回来向罗平道:"着了,他已入彀了。请首领过去一看。"

罗平听了这话,笑嘻嘻地随着草上飞向左方矮屋去。

走到那里,罗平先从窗格缝里朝里一望,只见那大名鼎鼎的东方福尔摩斯已被困在内,四围是墙,上面是屋,走得进来,却走不出去了。

阅者诸君们,你道霍桑怎能来到这里,被罗平捉住呢?且请你们猜一下子。对与不对,下回书中自有分晓。

第四章　华丽之牢房

包朗冒冒失失，往侧门里跑，霍桑想拉住他，却已来不及，正想喊住他，他早已一脚跨进侧门，只听得"扑通"一声，就不见了包朗的形影。

霍桑何等机警，知道事有不妙，包朗必然踏中机关，恐怕贼人再追出来，万一被他们看见，他们人多，自己只有一个人，当然抵敌不过他们。设或再有疏失，那时两人都被他们捉住，可就没有救星了，不如暂避一刻，看个究竟，再打主意。于是他就三脚两步，向左方跑去。

隔开不到二百步，那里有一丛矮树，霍桑就藏身在矮树丛中，恰巧直对那侧门。可是侧门里面，黑洞洞的一无所见。

霍桑虽用尽目力，也看不出什么，心中就想道："包朗所中的，不知是什么机关。他是生是死，也就不得而知。倘若他中的机关，是陷阱或是绊脚绳，那不过被贼人们捉住，凭着他随机应变，再有我在外边设法，未尝没有救出他的希望。只怕他中的是当头铡或是拦腰刀，那就得头开腰断，一命呜呼。他这种英勇有为的青年，若死在贼人的手里，岂不可惜？而且我又少了一个极得力的助手，以后我侦探案件，必然多感受些困难。"

霍桑想到这里，止不住心中难过，一股愤恨之气，再也按捺不下，就想跳身出来，冲进侧门，和贼人拼个你死我话，倒落得个直捷痛快，但再一想："这未免太觉冒失。一来他们人多势众，我自然不是他们的对手；二来侧门里面，既有机关，再走进去，必然还有埋伏。我若不知底细，冲将进去，好似赤着双脚，走在遍生荆棘的路上，我的脚怎能不刺得皮破血流呢？我还是等着看个究竟，再作计较，也不算迟。"

霍桑就仍旧瞪着眼睛，望着那侧门。过了一会，才见里面有个灯光，有好几个人影子，走来走去。

霍桑见这情形，料到是贼人特地出来，看那机关中捉住的人，又不由怒从心上起，恶向胆边生，一只右手，插在裤袋里，紧紧地握住手枪，站着不动，好似斟酌什么似的。一会，咬一咬牙齿，跺一跺脚道："我不能眼看着包朗被贼人捉去，不必管包朗是死是活。活的包朗，我固当救他出来，一刻也不容缓。他为着帮助我，不顾他自己的性命。如今他的性命上，既发生了很大的危险，或者已送掉性命，也未可知。我却只顾自己逃生，不去管他，良心上怎说得过去？他纵然是已死了，我也得夺回他的尸骨，好好地安葬他，好让他归正首邱，稍慰地下之灵，才是个道理。"

霍桑想到这层，哪里再管得死活存亡，决定冲进里门，和贼人拼个高下。托天之福，能够战胜他们，就可救出包朗。万一也被他们捉住，或是当场打死，也可对得住包朗，良心无愧了。

可是霍桑虽打定了这个主意，事实上却不容他如此。因为他正想跑出这矮树丛，只见那侧门已忽然关上，什么灯光呀，人影呀,一些也不见了。霍桑虽想进屋去救包朗,怎奈已无进屋去的道路。这便如何是好呢?

霍桑不由得十分焦急,呆呆地立了一会,竟没有主意。这样过了十分钟的光景,他才竭力按下心头的愤火,定了一定神,想道:"侧门虽关,未必无别个进路,且待我在这屋的四周,仔细搜寻一番。倘能寻出一个进路,凭着我的聪明才智,或能偷进屋去,探明包朗的生死。死了,设法替他报仇;若还活着,再暗暗地救他出来。我不信我既戴着'东方福尔摩斯'的头衔,竟失败在这蓝三星党手中。我不必气馁,鼓起勇气,向前做去吧。"

他就从屋的后面,兜转过去,一面走着,一面注意那道围墙上,有没有门户和窗格。

那时已交半夜,一个钩形的月儿,从云端里现出来,发出很淡薄的光,照在那围墙上。只见那道围墙,是用乱石堆成,虽有些凹凸不平的所在,却没有空洞,莫说什么门户和窗格了。

霍桑见这情形,不由得又有些发急,走到后门口时候,见那两扇后门,还是紧紧关着,用手推了几下,一丝儿也不动,就再向前走,两道眼光,一刻也不离开那道围墙,上上下下,看得很为仔细。

等到霍桑走到屋左边的时候,他忽见那围墙上,距离地面,约莫有一丈远的地方,有一个空洞,是不是窗户,却看不清楚。霍桑就往后退了几步,再抬头向上看时,果然是个窗户,里面露出很淡的灯光,照出这窗口排列着十几根铁条。

霍桑暗想道:"这分明是个窗户。我若有把扶梯,定得爬上去看个究竟。这窗口若没有这十几根铁条，我又必得钻进屋去，探明包朗的情形。然而窗口既有铁条，阻住我的进路，又没有扶梯，可以爬得上。我虽看见这窗口，似乎是我进行上的一条捷径，可是有名无实，一点实益也没有的。我还是再兜转去，寻别个机会吧。"

霍桑想到这里，就低下头，正想举步向前走，忽觉得空中落下一件东西，正打在他的头上，微微有些疼痛。

霍桑起初很吃了一惊，以为已被他们党人看见，特地吓他一吓，但再凝神听听，四下里又看了一周，并没什么动静。霍桑这才心定，又想："方才打在我头上的，究竟是什么东西？"他就在地上寻觅，一眼就看见他左脚的旁边，有一件白色的东西，约莫有块银币大小。

霍桑立刻拾将起来，却是一个纸包，里面挺硬的，不知包着什么。放开再看，原来是块破砖头。

霍桑见这情形，心中又吃了一吓。他想必然已被党人看见，有心戏弄他，就用纸包了砖头，打他一下。他又想："既已被党人看见，又岂肯只打一下，就此甘休？必定设法来捉我。我一个人势孤力弱，哪里是他们的对手？俗语说得好，'光棍不吃眼前亏'，三十六着，还是走为上着。"

他正想走时，忽见包砖头的那张纸上，还有几个字。大凡做侦探的人，全靠处处留心，事事仔细。若在普通的人，见这纸上有字，也不以为奇，但是给霍桑见了，可就不肯轻轻放过。

当下他就摊开那张纸，在那惨淡的月光下面，看个仔细，只见上面写道：

霍桑先生台鉴：

仆不幸，已被擒，虽尚未死，但恐已无生还之望。虽然一息既存，奚肯束手待毙？故于守者暂去之际，亟成此书，由窗外掷，希望得入君手，俾君知仆处境，而谋所以出仆于险也。事急时迫，速定嘉猷。

包朗　拜启

霍桑看了这封信，不由得呆看一会，又细细看这笔迹，虽是潦草，却果然是包朗的手笔，一些疑惑也没有，心想："这必是包朗被擒以后，恐怕我不放心，晓得我必还在这里打探，一时不肯回去，就写了这封信，掷到外边，希望被我拾着，就可明白他的实在。这小子跟随我几年，受我的陶镕，有了这种机变，果然着实可嘉。但他必然有人看守着，怎有工夫写一封信，又从哪里掷到外面来呢？"

霍桑想时，就不知不觉抬起头来，一眼又看见那个窗洞，当下恍然大悟道："包朗必被党人监禁在这窗洞里面，所以他能从这窗洞，掷下这封信来。这样说来，我若爬到这窗洞口，不是就可看见包朗么？若再能钻进去，就可到了包朗的身旁。那时要救他出来，也就易于下手。可笑他们党人，真正粗心极了，为何不把包朗监禁在别处，却偏偏监禁在这里，让他从这窗洞递消息给我？说句迷信话，好似冥冥之中，自有摆布了。慢着！这窗洞离开地面，虽只有一丈多高，但没有扶梯，怎能爬得上去？"

霍桑一面想，一面就察看这道围墙，见这墙上，很多凹凸不平的地方。那许多石块，有的伸出来，有的缩进去，虽不及石级那般整齐，都也可以立足。

霍桑就此得了主意，凝神听听，四周都没有响动。他就脱去长衣，卷上衣袖，又把裤带紧了一紧。好个霍桑，身体何等灵活，手攀着上面伸出的石块，脚踏在下面石块缩进的空洞，慢慢向上爬。

不多一会，霍桑的头，已到了那个窗洞。他睁眼往里看时，只见里面那间屋，面积不大，也没一样陈设，地上放着一盏美孚灯，灯光很不明亮。

右手屋角旁边，坐着一个人，背向着窗口。霍桑看他的身段，很像包朗，再用尽目力，看他的衣服，果然是灰色长袍、黑色背心。想看他的下半截，怎奈他坐在地上，不能看出。

但是霍桑就着各种情形看起来，决定这人必是包朗无疑。很想喊他一声，又怕声音低了，包朗听不出；若是高些，万一被党人听见，反为不妙。好在这间屋内，只有包朗一人，并没有看守的人。不若设法弄开这铁条，钻将进去，再和包朗从这窗口逃出，不是人不知鬼不觉，已逃出这个虎穴龙潭么？

霍桑一面想，一面就把两只脚踏稳在下边伸出的石块上，左手紧紧攀住上面的石块，松开右手去摇动那铁条。那铁条有大拇指粗细，钉在木头窗框上，很为坚固，休想动得分毫。

霍桑忙了半天，费去不少气力，那铁条还是直挺挺地立在窗框上，连摇也不一摇。霍桑看这情形，知道要摇去这铁条，恐是万万不能，但铁条不拔去，又怎样钻进这窗洞？

明明看见包朗，却救他不出，霍桑好生发急。俗语说得好，急中生智。霍桑这一急，倒急出个主意来。他见铁条既拔不去，不妨在这木窗框上设法。他就一手攀住窗框用力地往里推上几推，又向外拉了几拉，只听得那窗框吱吱作响。霍桑晓得窗框上的榫头已经松动，就不怕不能拆散开来，他就拼命地把这窗框推推拉拉。

不到十分钟的光景，这窗框和墙壁就脱离关系。可是这窗框上有十几根铁条，分量很重，霍桑一只手几乎提它不动，险些儿落到里面去。幸而霍桑提一提劲，才算把这窗框提到外面，掷了下去。

霍桑又睁眼望里看，见包朗仍旧背窗坐着，也没别样动静，他就把两只手移到窗洞上，将身子向上耸了一耸。他上半截的身子，已进了窗洞，又耸了一耸，他就蹲在窗洞上。仔细侧耳听时，并没一些响动，再大着胆、提着劲，轻轻地跳了进去。

当下也不及细看屋内的情形，就一直走到那人的身旁，用手拍拍他的肩头，低低地说道："包朗，你等得心焦么？"

那人霍地回转头来，道："霍桑，你来了么？真正费你的心咧！"

霍桑看见这人的脸，不由得大吃一惊，往后退了几步。

原来这人并不是包朗，却是个不相识的人。

霍桑知已中计，想趁这人措手不及，将他打倒，再由窗洞逃出。可是这人也很机警，似乎已明白了霍桑的意思。

说时迟，那时快。霍桑正想伸手去打，那人已拔出手枪，直对着霍桑。

霍桑身边，虽也带着手枪，但已不及拿出。

那人又高声喝道："霍桑听着，你若敢动一动手，或是动一动脚，当心我这枪弹，立刻穿过你的脑袋。"又笑嘻嘻地道："你可认识我么？"

霍桑道："我不认识你。想你必是蓝三星党的小卒。"

那人发怒道："胡说！我正是大名鼎鼎的草上飞，难道你不知道么？"

霍桑道："我只知道蓝三星党，只知道蓝三星党党魁叫作'罗平'，自命是'东方的亚森·罗苹'。"

草上飞道："那就是了。你既知道罗平，我就请罗平出来见你。"说着，身子往左偏了一偏。

那边墙上，有一个铜钮，他用手按了一按，又向霍桑道："我已通知罗平了，不出五分钟，他定到这里。霍桑，你平日自以为聪明绝顶，无人能及。今日为何就这样轻轻中计，驯服得好似绵羊一般？这样看来，你也不过妄负盛名、有名无实罢了。"说完，又哈哈笑了一阵。

他这一笑可恼了霍桑，当下就大声道："我不过偶尔疏忽，中了你们的奸计。胜败乃军家常事，算不得什么。你若信口胡说，败坏我的名誉，我决不和你甘休。你且仔细着。"

草上飞还是笑着说道："你说决不和我甘休，我偏要看你怎样对待我。算了吧，你已到了我们的势力范围之中，纵有本领，也无从施展了，不如放安静些，求求我们首领，他或能可怜你，放你出去。"

霍桑怒不可遏道:"我是磊落的丈夫,毫不怕死,岂肯做那卑鄙小人的事?你住口,莫再说了!"

霍桑正说到这里,见左边一道门开了,走进一个身材高大的人。

草上飞见了就道:"我们首领来了!"

霍桑知道这是罗平,想仔细看清他的面貌,怎奈他的脸上,戴着假面具。

只听得他放出很沉重的声音,向霍桑道:"霍桑先生,今晚我们委实对不住你,既捉住你的帮手,又把你赚到这里来。你爬墙壁的功夫,真是不错,可惜太不经心,却中了我们的巧计。霍桑先生,我再老实说句话。我们的计,并不算巧,只是你太无鉴别的能力。你以为那书信真是包朗掷出去的么?你想,我们这里多少房屋,监禁一两个人,毫不费事,何必偏把包朗禁在这间房里,让他有这窗洞,做他传信的捷径呢?原来信是包朗所写,却是草上飞照准你的头,掷了下去。可笑你并不想个仔细,就爬墙上来,弄去这窗洞上的木框。当时你必笑我们疏忽,让你有这进路。你要晓得,我们若不让你有这进路,你怎样能够钻进屋来,中了我们的计?这正是我们定计的巧妙。你既是东方的福尔摩斯,奈何料想不到?"

霍桑道:"你不必这样噜噜苏苏。我既被你捉住,听凭你处治罢了。"

罗平道:"你们一主一仆,虽已被我们捉住,但是和我们作对的,还大有人在,我必定将他一个个都捉了来,然后一同处治。

草上飞，你且把他两只手捆好，随着我来。"

当下草上飞就走过去，捆紧霍桑的两只手。

霍桑是何等样的脚色，知道事已如此，无可奈何。若和他们违抗，反把事情弄糟了，不如听随他们怎样，留得此身在，不愁没有出险的方法。

霍桑心里这般想，嘴里就不说什么，看他们怎样行事。

草上飞捆好霍桑的手，罗平就道："随我来吧。"

罗平在前走，草上飞推着霍桑跟在后面。走过一道回廊，又穿过两间房屋，罗平就推开一道小门，走了进去。草上飞把霍桑也推进去。

霍桑见这间房，虽不广阔，却陈设得很华丽。地上铺着地毯，壁上满挂着字画，桌椅都是红木的，还摆着许多古玩、一架钢琴，很像读书人的一间书房。

罗平道："霍桑先生，你虽是我的敌人，我却很爱你是好汉，所以不肯怠慢你，特地请你住在这里。这里有书可以看，有琴可以弹，还有古玩可以赏鉴。一天十二小时，尽够你消遣了。但有一层，你必得仔细。你看这间房虽平淡无奇，却处处伏着机关。你切不可乱动！万一触中机关，伤了身体，或是断送性命，我可不负责任的。霍桑先生，请你放安分些，我们再会吧。"说完，就和草上飞出去，把房门关上。

第五章 诈 降

罗平走出房门，随即反身把门关上。

霍桑一个人坐在房里，发了一回愣，心想："这间房布置得这般精雅，分明是个受过教育的人的书房，谁知都是个强盗的巢穴？换一句话说，罗平既有这等知识，把这间房布置到这样，他必然是个受过教育的人，决非寻常盗贼可比。他既非寻常的盗贼，想一朝一夕就能捉住他，必是很为难的事。就如我和包朗历年所破获的奇案，不为不多，所捉住的海陆大盗，也不算少，虽也有时偶然失算，上了贼人的当，中了他们的奸计，但决不像现在这般狼狈。我以为有隙可乘的地方，正是人家的妙计。方才我听了罗平一番解释，这才恍然大悟。什么信呀，窗户呀，都是他们诱我的甘饵。我一时不察，就处处上了他们的暗算。如今已是身入樊笼，欲出不得，这便如何是好？若是包朗不被他们捉住，他还能想出个法子，救我出去。怎奈我们二人都陷入绝地，不能互相援助，又无别方面的救济，眼看着我们两条性命，要送在这里了。"

霍桑想了一回，心中十分烦闷，随手在书架上，取了一本书，书名叫作《福尔摩斯别传》，是小说家周瘦鹃翻译的。他随便翻了一段看，说也凑巧，这一段书，正是说福尔摩斯有一次上了大盗亚森·罗苹的当，被亚森·罗苹捉住，关在一间小房子里。房里一无陈设，只有一张破桌子，上面放着一盏灯光如豆的火油灯，还有一杯清水和几块冷面包，好似特地预备给福尔摩斯吃的。福尔摩斯岂肯吃这粗粗的东西，但关到夜半，没法逃走出去，肚里饥饿得紧，没奈何只好勉强吃些。肚皮里越饿，东西越好吃。可笑福尔摩斯竟把这一杯清水和几块面包，吃个干净，直到天明，才想出个方法，逃走出来。

霍桑看完这一段书，把书仍旧放在架上，心想："如今我霍桑真和福尔摩斯处到一样境地了。想福尔摩斯本领何等高强，也曾被贼人捉住，慢说我这'东方的福尔摩斯'，虽被贼人捉住，也并不是为名誉之羞，还是赶快想个逃走的方法为是。"

霍桑这样一想，精神又大振起来，又想着暗笑道："这样看起来，毕竟我们东方人的度量，比较西方大，至少大到十倍以外。且看亚森·罗苹捉住福尔摩斯，就那样地冷待他。我和罗平，一样的势不两立，罗平却如此优待我，请我住在这华丽的房中，还怕我冷静，又叫我随意看书踏琴，消遣消遣。对待朋友，不过如此，哪里像是仇人呢？但他虽这样待我，我并不觉得痛苦。毕竟长安虽好，不是久恋之家，还是想个逃走出去的方法。但这方法从哪一头想起呢？这间房里，没有一扇窗格，只有一个天窗，虽可以当作出去的间道，但是还有几重铁丝网，重重罩着，一时也弄不开。除去这条出路之外，又简直没有第二条，这便如何是好？"又想道："方才罗平说这间房里，处处都有机关，倘若触着了,就有性命之忧。他说得这般切要,但据我看起来,这间房里,图书四壁,满架琳琅,哪里有什么机关,要人家的性命?说不定他有意这样说法,吓得我不敢乱动。可是我也是聪明人,哪能这般容易,就受了你的骗呢?且慢!我已疏忽于前,致被他们捉住。如今却得格外慎重,免得再中了他们的机关,受他们的奚落。且待我把这面房里,四处察看一遍,有没有机关,就可晓得。"

于是他就在桌子旁边,以及椅子下面,用手拍拍,或是用脚踏踏,却都是很坚固的墙壁,和很着实的地板。

霍桑心中道:"如何?我说罗平有意吓人,这些地方,都是埋伏机关的所在,何以一件也没有?罗平拿空言来吓人,我就事实上证明他的不确。他虽狡猾,但我也未必老实呀!"

霍桑正想到得意的时候,一眼看见左边墙壁上,挂着一幅图画,不知为何心下一动,以为这幅图画,必含有不可思议的秘密。

他据何种的理由,起了这个疑念,连他自己也不明白。他就走到那幅图画面前,伸手去揭取画的一角。

不料那角画揭起二三寸高,只听得沙的一声,那只角早脱离了霍桑的手,好似风卷残云,直望上面卷去。

霍桑也很机警,见了这样,知道不好,必是有什么机关,正想往旁边避开。说时迟,那时快。那幅画卷了上去,背后墙壁上,立刻伸出一根粗铁棍来,照准霍桑的头,往下就打。

霍桑的身子,万万不及避让,只把头往旁边一歪。那根铁棍,正打中霍桑的肩头,痛得霍桑几乎喘不过气来,只哼了一声,就倒在旁边一张沙发上,周身骨头,似乎都有些酸痛,再也爬不起来，这才相信罗平说的话，并非虚语，又想："罗平这个恶贼，委实不大好惹，且看他埋伏的这种机关，和设下的种种奸计，真个出乎意外，令人无从防备。我所经历的事，虽也很多，还不免上他的当。若在他人，真个被他害死，还不知道怎样死法呢！"

霍桑正在这儿胡思乱想，忽见屋角边一张大橱的两扇门，有些摇动起来，好似里面有人扯动的一般。

霍桑见了，不免有些惊慌，心想："难道这张橱里又有什么机关不成？我并未碰着它，这橱门何以摇动呢？"

真正一转眼的工夫，这两扇橱门都大开了，从橱里接连着走出几个人来。

霍桑奇怪极了，忘却骨头酸痛，立刻从椅上跳起来，定睛一看，见为首的不是别人，正是罗平，后面跟随的，自然都是他的部众。

罗平等众人都走出橱门，随即把橱门关上，笑嘻嘻地向霍桑道："霍桑先生，恭喜你！还活着么？你不必惊慌，我早经说过，这间房里，处处都有埋伏。你为何不相信我的话，偏要东弄弄、西动动，把你的性命，当作儿戏？你弄别样东西，倒也罢了，偏去揭那幅画。幸亏你避让得快，不然，你此刻早就头破脑流，一命呜呼了！你去揭那幅画，还是你命不该绝。倘若你去揭那幅山水画，无论你身子怎样敏捷，避让得怎样快，也必然避让不开，死而后已。"

霍桑听他这般说，就回头去看那幅山水画，高高地挂起，和平常人家挂的画，一般无二。若非方才吃过那个亏，谁信它其中有什么埋伏。

　　罗平接着又说道："霍桑先生，这幅山水画后面的埋伏，比较方才那种，更为厉害。你若不信，待我来试验给你看。"

　　罗平说着，就走到山水画的左面，蹲着身子，伸手到画的右边。方才把画角揭了一揭，那幅画就立刻卷上去，也从画后面的墙上，霍地伸出一把刀来，白光闪闪，和银子一般，看它这样，自然非常锋利。

　　罗平向霍桑道："霍桑先生，你看见么？倘若你来揭这幅画，你必不及避让，这把很锋利的刀，就戳进你的胸口。你想你还能活命么？"

　　霍桑不响，罗平道："若在他人，我巴不得他来揭这幅山水画，好叫他被刀戳死，免得我动手。但是你倘被这把刀戳死，我还觉得可惜。霍桑先生，你可明白我这意思么？"

　　霍桑慢慢地道："这有什么不明白？你必是恨我恨到极点，想亲手把我杀死，出出你的恨气罢了。但是我既已中了你们的计，被你捉住，横竖是死，怎样死法，我也不必过问了。你要杀要剐，听凭与你。你须知我霍桑，也是个好汉，生死是置之度外的。"

　　罗平笑道："算了吧，你莫再说下去了。你也是聪明一世，糊涂一时。我的意思，你竟然不能明白。"

　　霍桑道："谁晓得你的鬼主意？你若有什么主意，快就明明白白，说了出来。这样鬼头鬼脑，做什么呢？"

　　罗平道："这间房里，不是谈话之所，你且随我到客室里去谈吧。"

霍桑道:"也好。"

罗平又到那两幅画的旁边,不知怎样一弄,棍呀刀呀,都缩到墙里去。那两幅画也仍旧落将下来,一些形迹也没有。

罗平向霍桑道:"我在前面引路,你就随我来吧。"

于是罗平在前,霍桑在后,还有许多人,都跟在霍桑的后面。

走过一道回廊,穿过两个房间,就到了一道门前。

罗平向霍桑道:"这就是我的客室了。"又向众人道:"你们且退下,我有事再呼唤你们。"罗平就挽着霍桑的一臂,推门进去,随即又把门关上。

罗平又道:"霍桑先生,你请坐下,我有几句肺腑里的话,和你谈论。我和你虽居于各不相容的地方,但你是漂亮人,非常明白事理,想来决不以私仇而忘公义。"

霍桑道:"你有话请讲吧,说这些虚文做什么?"

罗平道:"也罢。我且问你一句话,做盗贼的,是不是磊落丈夫?"

霍桑笑道:"原来你问这句话。做强盗的若是磊落丈夫,那么强劫人家的东西,也是人人应当做的事。天下有这个理么?"

罗平说道:"不是这般说。我也明知做强盗是违法的事,但在如今这个世界,还是做强盗的,能够称作磊落丈夫,为什么呢?你且看做官的,都在那儿想出方法,巧立名目,剥削民脂民膏,藏入他们的私囊,表面上还假做好人。这样官虽名官,其实不是强盗的手段么?又如商家借着振兴市面、流通金融的好名目,又都在那儿做投机事业,买空卖空,只图私利,这不又是强盗的行为么？这样看来，社会中人，足有一大半面子上虽是好人，实际上都是强盗。倒不如我们做强盗的，明目张胆，公然地做强盗，来得漂亮了。所以我说做强盗的，实是磊落丈夫。霍桑先生，我向来佩服你的才能浩大、行为磊落，但是何苦明珠暗投，去做那班强盗不如的官吏的爪牙，而和磊落光明的强盗作对呢？"

霍桑听了他这番话，虽也有强词夺理的地方，但也很有见识，很为动听，心下早明白他说这番话的用意，但假作不知，道："我已谨领高论了。但你向我发这一篇议论，用意何在呢？"

罗平道："你若不嫌冒昧，我就往下说了。霍桑先生，像你这样的才情、本领，大可做出一番惊人的事业，何苦屈身下僚，永无出头之日呢？"

霍桑笑道："不是我说句笑话，我那'东方福尔摩斯'的大名，也能震动遐迩。"

罗平道："算了吧，和强盗作对，不能算是好汉，必须杀尽那班贪官奸商，替社会造福，那才是英雄的行藏。这其中的分别，难道你不明了么？依我劝你，还是弃暗投明，来做磊落光明的强盗为是。倘若你肯投入我们蓝三星党，我这个首领，情愿让给你做，我就坐第二把交椅便了。我实在佩服你的才能，虽已将你捉住，却不忍加害于你，所以请你到这里，和你说这番话。从与不从，听凭于你；杀与不杀，我也自有权衡。你且斟酌一番，莫贻后悔！"

霍桑岂肯做强盗，又岂是怕死的人，本想直接回绝了他，再一想，若果然回绝，必然死在目前，于事毫无裨益，不如将计就计,再打主意,当下就道:"听你一番议论,使我茅塞顿开。既承你的不弃,我自当听从。但你方才说让我来做首领,这个我可不敢。"

罗平很高兴道:"你已答应投入我们蓝三星党么?"

霍桑道:"正是。"

罗平翘起一个大拇指道:"这才不愧是好汉呀!我们蓝三星党,得着你这样的好汉,党务更将发达了。可贺可贺!"

他们正说到这里,忽然门开了,跑进一个人来,道:"快腿张三来了。"

罗平吃了一惊,道:"他来做什么?叫他进来。"

那人答应退出,随即走进一个短小精悍的人,向罗平弯了一弯腰。

罗平问他道:"你来做什么?"

张三道:"我得着一个实在的消息,警察署里的侦探甄范同,已探出我们万福桥的机关,定于明日率领警察,前往查抄。我以为这事很为重要,特地来禀告首领,看是怎样应付。"

罗平道:"这个消息,可是李四告诉你的?"

张三道:"正是。"

霍桑插嘴道:"李四自必也是党人,但他又从何处得着这个消息呢?"

罗平道:"不瞒你说,他冒名'王得胜',在警察署里充当警察,其实正是我们的暗探。只要警察署里有一些动静,他就传达我们。所以我们对于警察署方面的消息,是非常灵通。"

霍桑拍手道："这个主意好极了！但不知李四编在第几队第几排？"

罗平道："他编在第一队第三排。"又向张三道："你且下去歇歇，我自有办法。"

张三答应，去了。

霍桑一转念头，就计上心头，立刻向罗平道："甄范同的为人，我深晓得，真是个无用之徒。但他既率领警察，前往万福桥，查抄我们的机关，却也人多势众，也必然善为抵御。想我今已入党，自当立些功劳，做个进身之阶。我想向你请命，就派我到万福桥去，抵敌他们，你以为如何？"

罗平望了霍桑一眼，道："这个可不必。因为万福桥地方情形，你未必十分熟悉。还有我设下的各种埋伏，你都不晓得。你冒冒失失前去，他们还未中埋伏，你倒先中着了，那不是笑话么？还是我亲自去一遭，最为妥当。"

霍桑恐怕多说了，惹起罗平的疑心，当下也就不说什么。

罗平又喊进草上飞、冲天炮和张三，道："我们立刻动身到万福桥去，随机应变，抵御他们。"又向霍桑道："霍桑先生，请你等在这里。一俟那边事定，我就立刻回来。"又喊进一人，道："野草包，你听我的吩咐。我出去以后，你须好好地服伺这位霍桑先生。他要什么，你必得依从，倘敢违拗，我回来时，定当重罚。"

野草包连忙答应。

罗平收拾了一回，就和霍桑作别，带领着那三人一同去了。

话分两头,且说霍桑自罗平去后,心中又得着主意,极力和野草包攀谈。

野草包见这位尊客,居然肯这样下就,自然是受宠若惊。

霍桑问他道:"你喜欢喝酒么?"

野草包本喜欢喝酒,一听这话,正中下怀,当下笑嘻嘻地道:"酒和性命一般。"

霍桑道:"那么你去拿几斤来,再异几样下酒菜。我们喝他一个畅吧。"

野草包不住嘴地答应,欢欢喜喜地去了,不多一会,就拿来六大壶酒、四样菜,和霍桑对饮起来。

霍桑问他道:"我听说昨天晚上,这里捉住一个奸细,不知监禁在什么地方?"

野草包道:"监禁在后面地窟里。"

霍桑道:"你且把他放出来,带到这里,我有话问他。"

野草包道:"这个我可不敢,倘被首领晓得,我的性命就不保了。"

霍桑假作动怒道:"方才首领怎样吩咐与你?说是我要怎样,你都得依从。你如今却敢违拗我么?"

野草包无可奈何,就答应着去了,不到五分钟的工夫,就牵着一人进来,手上戴着手铐。

霍桑见果是包朗,但两下里都装作各不相识。霍桑替包朗除下手铐,又命他坐下喝酒。

两人虽不明言,心下却都明白,一杯一杯,尽管叫野草包喝。

野草包也就杯到酒空，不多一会儿工夫，他早已烂醉如泥，倒在椅子上，一动不动了。

霍桑这才问包朗道："我们赶快走吧，有话外边去说吧。"

当下二人就急急忙忙，开门走出来，所幸还有几个党人，因为没得着首领的差遣，都去睡觉，霍桑和包朗才得一无阻拦，安安稳稳，逃出这个虎穴龙潭。

至于罗平到了万福桥之后，怎样抵御警察，回来之后，又怎样处治野草包，以后书中，自有交代。这一章书，就此收场了。

第六章　全军覆没

甄范同充当侦探,已足十个年头了,但是他毫无侦探的知识。因为他本是个流氓,非但不曾受过高等教育,连斗大的字,还认不上一箩。只因他的狐群狗党,人数众多,在下等社会中,却有些儿势力。当初光复的时候,本是小人得志的极好机会,甄范同也就乘时崛起。不知他怎样夤缘,居然做了侦探。

论起他的成绩来,倒也很好,在这十个年头当中,着实破获了多少案件。可是讲到实在,大半是栽赃诬害,或是有意寻仇。冤枉死在他手里的无告良民一时也无从算起。普通社会上的人,哪个不恨他,哪个不骂他?但是也奈何他不得。因为甄范同虽未受过教育,对于拍马的程度,却很高深。他的长官,都被他拍得糊里糊涂,相信他是个很有才干的人。他的地位,就此很巩固,他也就格外擅作威福了。

当检验张才森的尸首那天,他见霍桑也在场,又听霍桑发了一些议论,以为霍桑有意是想出风头、压倒自己,心里就老大的不愿意。又因为霍桑的本领,很为高强,甄范同嘴里虽不赞他半字,心里也很佩服他,恐怕他也来侦探这案件,让他夺了功去,所以心里又很妒嫉他。

因为这两层道理，甄范同就在警察长面前，说了霍桑许多坏话，并说："倘若霍桑来借用警察去捉凶手时，请警察长切莫答应他。捉拿凶手，是警察署里的事，难道警察署里没人去捉，倒要借他这私家侦探的力量么？岂不大塌警察署的台？至于这件案子，我可负完全的责任，包管不出十天，定将凶手捉住！"

警探长本来很相信他，自然答应他。

可笑他自夸下这大口后，倒也忙了几天，又散布他的狐群狗党，帮助他向各处打探。他们忙虽很忙，可是一点消息也没得着。

甄范同不免有些心焦，暗自打算道："倘若十天期满，捉不着凶手，我只好还用那种手段，拣那和我有仇的人，把他捉去，硬说他是杀害张才森的凶手。他若不承认，好在权在我手，我就用私刑拷打他，他受不了苦楚，自然会招认。霍桑不知底细，以为我真个捉住凶手，以后他还敢再小视我么？"

他的主意，既已打定，心里只是斟酌捉哪个仇人，去充凶手，搪塞过这案件。对于捉拿真凶一层，反而不介意了。

活该事有凑巧，他的仇人当中，不该受这冤枉。

有一天，甄范同在茶馆里喝茶，和他几个朋友闲谈起来。

有一个名叫"快嘴许老三"的，笑着向甄范同道："我有一个比喻，你们做侦探的人，好似算命先生。因为算命先生替人家算命，过去、未来，他都能算得清清楚楚；你们做侦探的，遇着一桩案件，凭着侦探一番研究，就把这案件的前因后果，都能料到明明白白。算命先生和侦探，虽是两件事，不是有一些相同？"

甄范同听了，笑道："这个比喻，可新鲜极了，亏你想得出。

不过算命先生有时还瞎三话四,我们做侦探的,却都能料事如神,一些不能讹错。"

许老三道:"你且慢夸口!你既说能料事如神,我就告诉你一件事,请你猜猜看。若是猜着,我就拜佩你比算命先生还灵。以后我倘有困难的事,都来请你料,不去叫瞎先生算了。"

甄范同道:"人家送给你个'快嘴'的绰号,像你说起话来,这样啰苏,我又要加你一个'啰苏嘴'的头衔了。你快些说出来吧!"

许老三端起一杯茶,牛饮似的喝完,这才说道:"我们万福桥地方,有一所很大的空房子,从我出世以后,也没见有人住进去。但是前两个月,忽然有人住进去了。说起这个人家,委实奇怪,男人很多,却没有一个女人。而且那些男人,都是些少年壮汉,精神抖擞的,老头儿固然没有,小孩子也没有一个。和这人家来往的人,倒也很多,有的走来走去,有的坐车子,还有坐汽车来的。我且问你,这个人家,究竟是什么路道①?"

甄范同闭着眼睛,想了足有十分钟的光景,忽然跳将起来,用手在桌上一拍,道:"坏了,坏了!"

众人见他这样,都吃了一惊,连忙问道:"什么事坏了?"

甄范同道:"我们做侦探的人,脑筋何等灵活,料事何等精明?照许老三这般说,据我料想起来,那个人家,必非好好的住

---

① 路道:方言,指人的来历。

户,不是什么党人的机关,定是强盗的巢穴。地方上面,有了这种东西,不是坏了么?"

众人都赞他猜得不错,独有许老三道:"这个不用你猜,我也猜得出。焉有好好的人家,没有女人的道理?你说那人家是党人的机关,一些不错,但你可猜得出是什么党呢?"

甄范同道:"不是革命党,定是复辟党。"

许老三道:"偏巧都不是。你再猜。"

甄范同想了好一会道:"除此以外,没有什么党了。"

许老三笑道:"你说没有什么党咧?偏偏还有个蓝三星党!"

甄范同又跳起来,道:"你说什么?蓝三星党么?你怎能晓得?"

许老三道:"说起这件事来,话长着呢。可是我现在酒瘾来了,没有精神往下说。"

甄范同道:"老朋友,你莫装腔作势了。我请你喝酒,你说下去吧!"

许老三道:"先让我喝上三杯,长长精神,再说不迟。"

甄范同连忙喊人买来几壶酒,都放在许老三面前。

许老三真个喝了三杯,这才说道:"我本产生在万福桥附近那间祖遗的茅屋里,诸位想都晓得,我不必多说。那里我还有几亩祖遗的田地,我自耕自食,倒也很为安乐。我虽是乡下人,银钱很艰难,但生性喜欢接交朋友。若为交接朋友起见,就是多用去几个钱,我并不觉得肉痛。我只因有这脾气,若是田里丰收,也不过仅够我的用度,万一遇着荒年,那就真个不了。但是我的朋友多了,他们见我没有钱用,都肯来帮助我,就如你们诸位,不是也有时借钱给我么?常言说得好,人若没有朋友,就好似住在荒山或是旷野。这两句话,真是不错,委实很有道理。"

甄范同听他说了这一篇无关于事的话,有些不耐烦,就拦住他,道:"你这一张嘴,怎么这样噜苏?而且答非所问,更叫人听了气闷。我问你怎能晓得那个人家,是蓝三星党,你却说出这番话来,谁耐烦去听?请你闲话少说,言归正传吧。"

许老三笑道:"你怪我说话噜苏,我还要说你性子太急。我若不说明这层,我怎能天天在万福桥地方?又怎能在田里听得那二人讲话呢?"

甄范同道:"好了,你就算是已经说完了,还是请你说正文吧。"

许老三一连气又喝了几杯酒,道:"我本已说完了,你不叫我说正文,我也得说上去了,你且仔细听着吧。我有一亩田,种的是青菜,恰在那所大屋的后门旁边。有一天早上,我到田里去割菜。当我割菜的时候,自然是弯着腰、低着头,不去管别样事。后来不知怎样,我忽然抬起头来,见有两个神气威严的正坐在那道后门的门限上,叽叽咕咕地讲话。人家讲话,本不干我的事,我又有我的正事,也没有工夫去管。但我很奇怪那屋里,不知住的是什么人家,我想从他们嘴里,偷偷听个明白。当下我就蹑着脚步,侧着身子,慢慢地走过去,藏在一棵大树后面。这棵大树,离开那二人,只有几尺地方,幸而他们不曾看见我,但是我已听得出他们的说话。"

许老三说到这里,就住嘴不说,再要喝酒。

甄范同有些发急道:"他们说些什么?你快些说出来吧!你向

来心直口快,为何如今又这样牵丝扳藤①起来?"

许老三笑道:"因为这件事有趣极了,不能不慢慢地讲。而且你也不必性急,我既已喝了你的酒,自当告诉你的明白。你道他们二人,说些什么?原来,有一人说道:'我们首领的本领,实在高强,如今已把张才森杀死,夺了他的巨款。我们蓝三星党,得着这大宗的收入,很可以做出一些事业,党务还愁不发达么?'那一人问道:'杀死人命,夺了他的钱财,官厅方面,自然要缉获真凶,我们怕不能安然无事吧?'那人道:'这个怕什么?官厅方面,都是些饭桶,去捉扒儿手,或是小贼,他们的本领是尽够了。若想来捉我们,真不是我们的对手,包管叫他们活着走来,死了回去。但是旁刺里插进一个人来,倒很有些棘手。这人正是绰号"东方福尔摩斯"的霍桑。他这人很有胆力,又有才情,这几年来,很破了几件奇案。他若来时,我们的首领就遇了对手,最后的胜负输赢,那就不可逆料。但是我们首领也不惧怯他,现在已在暗中布置,设下些圈套,让他来自投罗网。倘能将他捉住,送他上了西天,那时我们蓝三星党就可天下无敌,任意横行了。'

"他们二人,正谈得起劲,从后门里面又走出一人,向他们低低地不知说些什么,三个人就一同走进去了。当下我听了他们这一番话,这才晓得他们是蓝三星党的党人,把这所多年的空房,当作他们的秘密机关。但是无论什么党,和我们乡下人有什么关

---

① 牵丝扳藤:比喻事情东拉西扯,纠缠不清。也作"牵丝攀藤"。

系？所以我从未向人说起。如今特地说出来，叫你猜猜，试试你的本领，不料你听了，却很为注意，不知你是什么意思？"

甄范同含糊着道："我没有什么意思。不过我向来喜欢听新闻，所以就问你个详细。"

甄范同嘴里这般说，心里却盘算道："如此看来，张才森真个被蓝三星党所害，霍桑在尸场上说的话，果然不错。如今我既于无意中，探出党人的重要机关，我必须赶快去捉，莫让霍桑夺去头功！"

当下甄范同无心多坐，就会了茶钱，别了众人，急忙回到警察署，禀明警察长。他又加上许多材料，说他费了多少事，用了多少手段，才打听出这个消息。

警察长当他是真话，自然很夸赞他能够办事，当即调齐第一队第三排警察，吩咐明天早上，跟随甄范同前往万福桥，捉拿凶手。

甄范同还要卖弄他的才能，在这排警察面前，把这案的来因去果，说了个淋漓尽致。

"王得胜"闻知，心中暗喜，就立刻把这消息，暗暗地传知他的党人，好叫他们准备。

可怜甄范同还闷在鼓里，一些不晓得，只等明天大早，就可率领这排警察，赶往万福桥，以为不一刻间，大功就可成就，名誉也就格外响亮，既可叫长官越发契重，也可在霍桑面前，显些手段。他越想越觉得意，一夜几乎不曾睡着。

到了明天早起，他就领着那第三排警察，兴高采烈，直往万福桥而去。

途中无事可表，且说他们到了万福桥附近，甄范同好似做了司令官一般，当即发下命令，把全排警察，分做三小队：一队把守前门；一队把守后门；他自己带领一小队，破门直入。这第三排警察当即照他的吩咐，分散开来，各干各的事去。

甄范同带着一小队警察，共是四人，也就去冲那屋的大门。那大门本是虚掩着，一冲就开。甄范同见了，心下非常得意，自以为出其不意而来，党人自无防备，不难一网打尽了。

当他们五个人走进大门后，有一个警察就反身把门关上，还上了闩。

甄范同道："横竖门外有警察把守着，党人就是逃出大门，也必不能逃走的。这道门可以不必关了。"

警察鞠了一躬，回道："不然。我以为门是关上的好。因为他们党人若逃出这道门，到了外面，地方广大，很容易逃走。如今这道门既已关上，他们就不能逃走出去。我们就可在屋子里面，将他们捉个干净，不是省了许多事么？"

甄范同听他说的话，很有道理，就很注意地望了他一眼，道："这话很是！瞧不起你一个普通警察，竟有这等见识！你叫什么名字？待我捉住党人后，回到署里，禀明警察长，定发重重赏你！"

那警察笑了一笑，道："我叫'王得胜'。吃粮自当管事，不敢望赏！"

甄范同又发命令道："我们一直走进去吧。倘若看见人，不问是谁,只管捉住再说。"

四个警察同声答应,直向里走,身上本背着快枪,这时恐有不测,都拿在手里。

甄范同也拿着一柄手枪,跟在警察后面。走到客堂时,只见堂中陈设得很好,却并无一人,凝神听听,也没有一些声息。

甄范同有些奇怪道:"这里既是党人的机关,当然有党人住在这里,如今为何一个人也不见呢?难道住在这里的党人,方才出去,还未回来,所以大门虚掩着么?倘若真个如此,他回到门外时,见有警察守着,知道事已破露,自然就此逃走,那不是便宜了他,又害得我们白跑一趟么?"他想到这层,不免有些发急,站在客堂里,一声不响。

方才那个警察名叫"王得胜"的,又上前说道:"不管他有人无人,我们且到各间房里,搜寻一回。纵然真个没人,寻着他们党里的重要物件,也算不虚此行。"

甄范同听他说得有理,就吩咐四个警察,到各房里去搜。他却坐在客堂里一张椅子上,等候他们的消息。

不多一会,忽听得一个人在楼上喊道:"甄先生,快上楼来!我已捉住一个人了!"

甄范同听了,就立刻跳起身来,飞步上楼。等到了楼上,只见"王得胜"站在一间房的门口道:"我已把那人捆好,放在房里,请你进来看吧。"

甄范同嘴里问"捉住的是何等样人?",早已大踏步,走进房门。

他才跨进门限,忽听得另有一人,低低地说道:"你来了吧?

我可要对不住你了！"

甄范同正想回头看是谁，只见一张高橱后面，已穿出一个人来，举起一根木棍，照准甄范同的头上就打。

甄范同想要避开，又想用手枪轰击他，怎奈都来不及，头上已中了一棍，只觉得头昏脑涨，眼前金星乱迸，再也立不住，就跌倒在地。可是他并不曾晕过去，还喊了一声"救命"。

那人又举起手枪向他道："你敢再喊一声，我就立刻结果你的性命！"

甄范同果然不敢再响，但两只眼睛，不住地望着"王得胜"，似乎求他救助的一般。

但"王得胜"笑着向他说道："你还做梦么？你以为我真个是警察么？须知我也是党人，只因要随时打探警察署里的消息，我才改了名姓，假意去当警察的。"说时，就走上前来，用很粗的绳子，把甄范同的手脚，都捆个结实，又道："还有十几个警察，我们也得一个个地捉来。还是我去骗他们。"

当下那几个党人，都伏在楼梯左右。

李四伏在楼窗上，向下面喊道："诸位兄弟们，快到楼上来吧！"

楼下的三个警察不知底细，就都上楼来。正走到扶梯口的当儿，不料伏兵齐出，众棍齐下，这三个警察本不提防，就都被打倒在地。李四等又把他们一一捆好。

李四又道："还有前后门外那几个警察，须得另外想个方法，捉住他们。若照这样用棍去打，未免不胜其烦了。"

众人都称是。

李四又道:"就用闷香如何?"

众人又都道:"好!"

李四就吩咐他们预备。他自己就嗅了解药,先到后门外,把那几个警察,喊了进来,领到一间房里,随即把门关上。

众警察只嗅着一阵奇香,立刻觉得天旋地转,昏迷过去。

李四和众党人,把他们捆好,抬到另外一间房里去。

李四再到前门口,喊进那几个警察来,还是如法炮制,把他们全行捉住。

李四不由得笑道:"你们很得意地跑来,以为马到成功,可把我们捉住,不料却全被我们捉了,一个人也不能回去。这才叫作'全军覆没'呢!"

第七章　追

　　霍桑和包朗趁着罗平到万福桥去的当儿，逃走出来，二人这才定心。

　　霍桑道："好险呵！我们二人，险些儿送掉性命。罗平这厮，委实有些心计。你被他们捉住，不过踏中机关，还不算什么稀奇。至于我之被擒，却真个是中计。堂堂的'东方福尔摩斯'，竟然中了他的计！这样看来，他的本领，确不在我之下。俗语说得好：吃一回苦头，多一番经验。以后我们倒不可小视他，必得严加防范才好。今番亏了甄范同率领警察前往万福桥，搜寻贼巢，我们得着这个机会，才能够逃出。以后我们若再中计被擒，未必再有这个好机会咧。"

　　包朗道："照你这般说来，我们能够出险，都亏了甄范同。我们应得感激他了！"

　　霍桑道："这个自然。但是甄范同不久也得被罗平捉住。我们赶快去救他，就算是报答他了。"

　　包朗道："你何以晓得甄范同要被罗平捉住呢？"

　　霍桑道："据我想来，事实上必然如此。你且不必多问，不多一会，就可以有分晓了。如今我们赶快回去，休息一番，养足精神,预备去救甄范同吧。"

包朗还不明白他的意思,但因为霍桑的脾气,向来很坚决,既教包朗不必多问,包朗纵然问他,他也必不肯说出,所以包朗也就不响一声,只管跟着霍桑走。

走了一会,包朗才慢慢地说道:"我们一夜没睡觉,已是疲倦极了,何苦再走回去,不能坐车子么?"

霍桑道:"坐车子未尝不可。但是我们被捆了一会,体内的血流,必不能十分通畅,走上一回,就可恢复原状。这是生理学上最浅近的道理。你也不明白么?"

包朗不响。

又走了一回,霍桑回头望包朗,见他低着头走,腰杆既挺不直,举步也很迟慢,就向他说道:"包朗,你敢是走不上了么?"

包朗头也不抬,只点头答应。

霍桑道:"既然如此,我们就坐车子走吧。"

这时天色已微亮,马路上已有了行人,黄包车子也多了。霍桑就喊了两部,和包朗坐了,一直回去。

黄包车夫跑起来,比他们步行快得多,不到两刻钟的工夫,已到了霍桑的门首。

霍桑付了车钱,就挽着包朗的臂膀,一同进去。

包朗道:"我已疲倦万分,必得去睡一回。"

霍桑看看壁上挂的钟,已是六点,就道:"时候已经不早,来不及睡觉了。我们到书房里,在椅子上躺一回吧,免得迟了误事。"

包朗道:"我们还有什么正经事,值得这般要紧?"

霍桑道:"你敢是忘了么?我们必得去救甄范同呀!"

包朗冷笑道:"甄范同那厮,我已恨极他了。那天在尸场上,他很瞧不起我们。如今他若给罗平捉住,吃些苦头,也好出出我们的恨气。我们去救他做什么?"

霍桑道:"不是这般说法。慢说我们不亏他,不能逃出,就是面不相识的人,也不能见死不救呀!你莫存这种小见解了,快随我到书房里去!我把甄范同必将被擒的道理,说给你听。"

包朗心里虽不情愿,但也不能违拗他,只好跟在他的后面。到了书房,不声不响,躺在睡椅上,闭上眼睛,寻他的好梦。

但霍桑还是精神抖擞,一些倦意也没有,吩咐仆人,预备点心,硬拉包朗起来,一同吃了,又点上一支纸卷烟,吸了几口,笑嘻嘻向包朗道:"你且醒醒瞌睡,待我讲给你听。据说甄范同今早带领警察,搜查万福桥罗平的机关。罗平特地亲自赶去。像他那种本领,必能在短促的时间,布下种种埋伏。再有那个'王得胜'做内应,罗平已操了必胜之券。再则甄范同既毫无本领,举动又冒失,他一心一意,以为出其不意而往,贼人必无准备,自家的防范,不免也疏忽些。甄范同有了这多种的失着,怎得不中罗平的埋伏,被他们捉住呢?连那几个警察,恐怕一个也不能逃回。"

包朗听到这里,觉得很有些意味,就道:"虽说他们那一行人众,都得被罗平捉住,但各人有各人的本领,他们或也能各出奇计,逃走出来。我们何必寻事做,忙着去救他们呢?"

霍桑道："你这话又说错了。罗平捉住我们，爱惜我们的本领，心想收入他的部下，才不杀我们。我们这才有了机会，逃走出来。但是甄范同那班人，却非我们可比，既被他们捉住，说不定立时杀死。我们若不想到这层，也就罢了，既经想到，哪能见死不救，良心上负个不义的罪名呢？你向来是好侠仗义，如今何以规避不遑呢？你若真个不愿意去，我也不能勉强你，我就独自去便了。"

包朗不响，暗想甄范同那人情虽可恨，但见他活活地被人杀死，心上也觉不忍，而且霍桑要独自前去，更觉不能放心，还是强打精神，陪他同走一遭吧，当下就向霍桑道："你既这般说法，我就陪伴你去便了。"

霍桑很快活道："这才是我的伙伴呀！如今时候已不早，就请你去喊部汽车，我就结束起来，可以早些动身。"

包朗答应，立刻出去喊汽车。霍桑也就到了卧室里，预备一切。

不消两刻钟的工夫，包朗已把汽车喊来，霍桑也已结束妥当。看着壁上时计，刚正七点钟。

霍桑问包朗道："如今是时候了，我们就走吧。"

包朗道："慢着！我的手枪，已被罗平搜去，如今到万福桥去，想来必须动武，待我再去拿一柄。"

霍桑道："这个必须预备的。还得多带些枪弹，万一临时不够使用，那可就糟糕了。"

包朗走到房里，拿了一柄手枪，装上枪弹，关上保险机，塞在怀里，又带了几十粒枪弹，走出来问霍桑道："我们走吧。"

霍桑忽然说道："我忘却招呼你一句话了。你方才去喊汽车，必已把我们的去处，告诉了那汽车夫。但我们去到那里的道理，你未必告诉他。"

包朗道："正是！我不曾告诉他。因为我怕他胆小，听说去捉强盗，他或者不肯去，所以我不曾提起。"

霍桑道："你这个用心，可就大错了。万一到了那里，我们和罗平们相打起来，汽车夫不知当下的底细，他只管他逃命，把汽车开了回来，岂不误了我们的大事？既我看来，还是和他说个明白。等到事明之后，重重地赏给他酒钱。他若愿意去，那就更好。不然，我们再另外去喊。"

包朗道："那么待我和他去说。"

包朗说着，就想朝外走，却被霍桑拉住道："你在大街上，和他说这种话，被旁人听见，很不方便。你还是喊他进来。"

包朗答应着出去，随即把那汽车夫带了进来。霍桑就问他道："你叫什么名字？"

那汽车夫道："我叫宋阿四。"

霍桑道："如今我们要到万福桥，捉几个强盗，恐怕到了那时，强盗想逃命，说不定向我们开枪，我们自也得开枪打他。你可千万不必害怕，只管听我的指挥，包你安然无事。等到事成之后，我们重重地赏你。不知你可有这个胆力？"

阿四笑道："我向来有个'宋大胆'的绰号，什么事也不怕。至于捉强盗，更是我见惯的事，没有什么稀奇。因为三年前，我在警察局里当汽车夫时，常驾着车子，和警察们去捉贼。那噼噼啪啪的枪声，在我看上去，好似新年放鞭炮，很为好听呢！"

霍桑道："那么很好，我们就动身吧。"

当下三人一同上了汽车。

霍桑又招呼阿四道："时候已经不早，你必须开快车，否则恐怕误了时刻。"

阿四连声答应，就开足机力，直向万福桥而去。

这时不过七点多钟，路上的车子还少，行人也不很多。这部汽车，格外毫无阻碍，风驰电掣般地直向前去。

走了一会，包朗忽然喊起来道："哎唷！我们忘了。这可怎么办？"

霍桑不提防，倒被他吓了一跳，连忙问他道："你忙些什么，值得这般大惊小怪？"

包朗道："我想万福桥地方，人家必然很多，不晓得哪一个人家，是罗平的巢穴。方才我们不曾问个明白，真是失着！"

霍桑笑道："我以为什么大事，原来为了这个。据我想来，这并没有什么要紧。万福桥地方，并非是热闹的所在，高大房屋，必然不多。但是罗平的巢穴，房屋必然高大。我们到了那里，只须各处留心，自能看出破绽。"

包朗笑道："那就必须凭你的法眼了。我可没有这种好眼力。"

霍桑道："到了那里再说，如今何苦多烦？"

包朗就不再响。霍桑也不说什么，只是倚在车角上，闭着眼睛养神。

这汽车走了一会，阿四喊道："万福桥已经到了。车儿停在哪里？"

霍桑听说，就睁开眼睛，从车窗中朝外一望，只见这个所在，非但不甚热闹，而且很为荒凉。一眼看出去，只是些一方方的田亩，稀少的树木中，露出几间茅屋，并没有什么高大房子。

霍桑很为纳闷，向阿四道："你且顺着这条大路，开上前去。"

阿四答应，又向前走了一会。

霍桑忽见前面有一丛树林，隐隐约约露出些房屋来。

霍桑指给包朗看，道："罗平的巢穴，必是那个所在了。"又喊阿四道："车就停在这里吧。"当下他就和包朗下了车。

霍桑又向阿四道："我们走到前面，你就等在这里，千万不可离开一步，因为我们说要走就得立刻走的。"

阿四道："你们尽管放心，只管前去，我必不误事的。"

霍桑就和包朗，向那丛树林走，只走了一百步的光景，就看见那树林里面，果然藏着一所高大房屋，但静悄悄的没有一些动静。

霍桑就向包朗道："难道甄范同还没有来么？或者已经完了事么？你放仔细些，恐怕树林里面，藏着警察或是贼党，我们不提防被他吓一下。"

包朗这时虽不害怕，但昨夜吃了罗平的亏，不免有些戒心，觉得心里微有不定，一只手插在衣袋里，紧紧抓住那支手枪。再听了霍桑这几句话，格外有些胆寒，一双眼睛，不住地四下里乱瞧，可是并不瞧见什么。

他们两个人，却已走进树林了，见这所房屋，果然高大，两扇大门都关着。

霍桑自言自语道："这可奇了！如今时候也不迟，怎么不见一些动静？甄范同一班人，就是中计，未必一个人逃不出，怎么路上并不看见？这里又似若无其事，这不是件奇事么？"

霍桑正在这大门前面，踱来踱去，细想这当中的道理，忽听得大路上，有汽车走动的声音，急忙掉头看时，只见有两部黑色的汽车，如飞而去。

这两部汽车，本是篷车，皮篷子放在后面，并未扯起，所以车上的人，霍桑能够看见。原来前面一部汽车上，装着好几个身穿黄色衣服的人，后面一部车上，却坐的是几个平常式的人。

霍桑何等机警，见了这两部汽车，和车上的人物，早已料到八九分，大声喊包朗道："他们逃走了，我们快追上去！"

包朗本探头探脑，注意他的附近，有无埋伏的人，并未看见那两部汽车，听得霍桑喊时，就问道："在哪里呢？"

霍桑没有工夫细说给他听，早已放开大步，向他汽车停的所在跑去。他一面跑，一面又喊道："包朗，快随我来！"

包朗只得跟在他后面跑，又瞪着眼睛，向四下里望，这才看见那两部汽车，已跑上一条支路去了。

等到霍桑和包朗跳上汽车、追上去的当儿，却已离开那两部汽车，足有十几丈远。

霍桑喊阿四道："阿四，你开足机力！我定重重赏你！"

阿四这部汽车，本有六个汽缸，只要开足马力，走得非常之快，和大风吹落叶一般，一转眼间，已走了多远，离开前面的汽车，只有一丈多路。

霍桑就在袋里掏出手枪，爬到车的前部，坐在阿四旁边的座位上，放开喉咙，大声喝道："前面的汽车，赶快停住！我有话和你们说。你们若不停时，我就要开枪了！"

前面的两部汽车，用不着做书人交代，自然是罗平捉住甄范同和警察之后，就把他们装上了汽车，预备送到别处去，如今正走得起劲，心里又想："霍桑已投降我们，包朗自也不生问题，万不敢向我们反抗。这位侦探甄范同和几个警察，又被我们捉住，警察局里，自然吓得魂飞魄散，再不敢奈何我们。我们就可毫无忌惮，心里要怎样，就可怎样了。"

罗平越想越得意，几乎高兴得笑出来，忽然听见后面有人喊他停车，他倒吃了一惊，回头看时，分明是个霍桑，坐在汽车里，赶将上来，不由得呆了一呆，想他怎么能来的呢？当下并不停车，却站起身来，伏在后面车篷上，也大声问道："霍桑先生，你不在我家里等我，却跑来赶我做什么？"

霍桑道："你莫做梦了！我已跳出你的手掌心了，而且要来捉你了。我佩服你的本领高强，竟把甄范同和警察，全数儿捉住。但他们本都是无用之辈，你捉住他们，也算不得什么本领。如今我突如其来，你必以为奇怪。但我是何等样的人物，虽然误入牢笼，难道就没有脱身的方法么？我且问你，你把甄范同和警察，预备送到哪里去？你若是识趣的人，赶快把他们放下。不然，我步步追着你，看你可能逃上天去？"

罗平听他这番话，含讥带讽，不觉大怒，就骂道："说什么话？你把我大名鼎鼎的罗平，当作无能之辈么？你休想我轻轻地放回这几个人！你要追时，尽管追上来。我虽不能逃上天去，但有本领叫你不能再追便了。"罗平说到这里，也不再响。他的两部汽车，仍旧向前疾走。

霍桑也不再和他说什么，只管叫阿四开足机力。这时前后车子的距离，不过一丈远。

包朗见这情形，就向霍桑道："待我开枪打他好么？"

霍桑连忙拦住，道："甄范同也在那车里，万一误打中他，反而不美。我们只管追上去，看他们逃到哪里。他们纵能逃走，必没有方法，把甄范同等也带去。那时我们就可劫了回来，岂不大妙？"

霍桑正说的时候，忽见罗平举起一只手，手里握着一件长形的东西，向着霍桑晃了几晃。

包朗以为他开枪，但既不见火光，又听不出响声，却听得霍桑哈哈笑道："罗平，你不必弄这鬼伎俩了。你的这种电枪，只好去打别人，确是遇者必死。但是我霍桑却不怕，你休想伤我分毫。"

罗平见他这样，心下很吃一惊，想："这电枪怎么如今不灵了呢？他必已有了准备。我必换个方法，叫他追无可追。"当下就向汽车夫说了几句话，又传话给前面的一部汽车。

当下这两部汽车，就掉转方向，走上一条很冷静的街道。

霍桑见了，很以为奇，心想："走过这条街道，就渐渐到了热闹的所在。罗平敢走到热闹的所在去么？他必有诡计，须得注意他才是。"

霍桑正这般想，见前面两部汽车，已转弯进了一条阔弄。霍桑的车子，离开它本只有一丈远，不过几秒钟的工夫，也就追进弄里，但再看那两部汽车，早已不知去向。

这条阔弄，约有二丈多长，三面都是高墙，既没有出路，也没有人家。那两部汽车，究竟走到哪里去了呢？

当下霍桑吩咐停车，跳了下来，把这三面的高墙，都细看了一遍，都是方块砖头造成，没一处形迹可疑的地方，不由得心里想道："难道那两部汽车，钻进砖头缝里去了不成？这不是件奇事么？"

看官们，如今霍桑已不知道那两部汽车的去向，我又怎敢私造谣言，说明那汽车的去处？只好请你们耐心等等，让霍桑慢慢地去侦探吧！

第八章　橡皮衣

霍桑发了一回愣。

包朗道:"我看得清清楚楚,见罗平的两部汽车,跑进这条弄里。怎么一转眼的工夫,就失了它们的所在?难道它们是土遁走了不成?"

霍桑不响,从衣袋里掏出一根铁尺,仔细去敲这三面的砖墙,声音都很实在,不像内中藏着什么机关。

霍桑自言自语道:"这就奇了,真是越弄越奇了!"

包朗插嘴道:"据我想来,这三面的砖墙,虽看不出什么破绽,但内中必有机关。那两部汽车,必然钻了进去。"

霍桑道:"这个自然。若不是钻进墙去,当真是土遁走了么?可是这墙似乎很坚固,汽车怎能钻进去呢?不是于情理不合么?"

包朗回答不出个理由,只管瞪着眼睛,呆呆地望着那墙。

一会,霍桑向包朗道:"这三面的墙头,不知属于哪一家,那又是何等样的人家,你且去打探个明白。我就在这里等候你。"

包朗答应,就走出弄来,不多一会,又回来向霍桑道:"我已打听明白了。左右的两道墙,都是栈房的风火墙①。栈房的大门,就在弄口。我看见那大门上,都用铁皮包好,堆满了灰尘,不像是常有人进出的。至于迎面这一道墙,却是个人家后墙,大门在平凉路。我本想前去,探明那是个什么人家,又怕你等得心焦,故而先来给你个信。你立在这里等我,还是和我同去呢?"

霍桑道:"我就和你同去便了。"说着,就一同走出弄来,吩咐阿四还等在这里,倘若弄里有人走出来,也莫去理睬他,但认清他的面貌,和他的去向便了。

阿四自是连声答应。

霍桑和包朗这才从别条弄里,兜到平凉路,看定了方向,见那里果然一座房屋,形式不中不西,但很为高大。

霍桑道:"必是这座房屋了。"

包朗道:"我想那门首必有看门人,待我去问明他的主人姓甚名谁,是哪里人氏。"说着,就想走上前去。

霍桑一把拉住他,道:"你又这般冒失了。先前因冒失吃的苦头,你又忘却了么?你莫多话,且随我来。我自有道理。"

当下霍桑走到附近一家烟纸店,假意买了一包香烟,向一个伙计点点头,又指着那座房屋,问道:"借问你一声,那屋里的人家,可是姓王么?"

伙计道:"正是。"

---

① 风火墙:防火墙,屋舍的外墙。

霍桑道:"那位王先生，名字叫什么？你可晓得么？"

伙计道:"这个可不晓得。人家都称呼他作'王老先生'。"

霍桑道:"这样说来，他是已有了胡须了。"

伙计笑道:"正是。而且他是兜腮胡子，脸的下部，几乎都被黑胡子遮住了。"

霍桑点点头，道:"他是几时搬到这里来的？"

伙计道:"这个我也不晓得。当我们开店的时候，他们早已住在这里了。"

霍桑道:"这房屋如此高大，想来他家的人口，一定很多。"

伙计道:"这个自然。就是来往的客人，一天当中，也得有多少起。"

霍桑道:"那些客人，都是些哪一等的人物？"

伙计笑道:"你问得这般详细，为了什么意思？"

霍桑道:"闲谈罢了，没有什么意思。"

伙计道:"说起他家的客人来，倒都是些阔客。来来往往，不是汽车，就是马车，起码也得有部包车。但有时也有些像做小工的人，到他这里来。"

霍桑道:"我们和你絮烦了一会，对不住得很。"就和那伙计点点头，同包朗走出店门，又低低向包朗道:"我向那伙计问了一回，倒问出个主意来了。我们就去见那位王老先生，当面再问他一番。"

包朗道:"我有句话，先得问你个明白。你可是本认识这屋的主人么？"

霍桑望了包朗一眼，道:"我倘若认识他，何必去问那个伙计？"

包朗道："你既然不认识他，怎么晓得他是姓王？"

霍桑笑道："你原来为了这个。我不过乱猜罢了。我以为姓王的人很多，就胡乱说上一句，不料就竟然被我说中了。"

包朗道："你要去会他，又是什么意思？"

霍桑道："我方才已说过，当面问他一番，他或能晓得屋后面弄内的情形。"

包朗不响，跟着霍桑向那房屋走，走了不到一百步，忽然站住，拉着霍桑的臂膀道："这个不妥当，这个委实不妥当！你想那王老先生若不晓得那弄内的情形，我们去问他，也是白问。倘若他果真晓得，甚至罗平的汽车，就是他收留下，他自然是罗平的同党，那么，他岂肯把那当中的巧妙，告诉我们？我还怕他不存好意，作弄我们一番！"

霍桑望着包朗道："你也能想到这层，足见你的侦探程度，已大有长进。怎奈我们处到这种境界，别无方法可想，也不得不冒着险，去走一遭。我们各事留心些便了。"

包朗心里虽不愿意去，嘴里却说不出，只得鼓鼓勇气，跟着霍桑走。

霍桑走到那房屋的门前，见有一个看门人，正坐在门口，霍桑就向他道："请问王老先生可在家么？"

那看门人把霍桑打量了一回，道："你有什么事情？"

霍桑道："我有很要紧的事，必得和王老先生面谈。"

看门人道："那么你就把姓名告诉我，能我去通报。"

霍桑假意道："我姓朱。"又指着包朗道："这是我的朋友姜先生。"

看门人道："你们且等在这里。"

看门人去不多会，就回来道："我们主人，恰巧在家里，就请你们进去吧。"说着，他在前面领路，霍桑和包朗跟在后面。

走过两道门、一个天井，就到了三间敞厅内。看门人请他们坐下，就仍归回到外边看门。

霍桑见这敞厅，布置得很整齐，器具也精良，是个老乡绅人家的模样。

他们坐不多会，厅后面就走出一个人。

霍桑见他的年纪，总在五十左右，果是满脸黑须，就上前打了一躬，道："王老先生请了！"

包朗也向他行了一个礼。

王先生笑嘻嘻地都还了礼，请他们坐下，就问道："二位到这里来，有什么见教呢？"

包朗望着霍桑，看他怎样说法。

霍桑很从容地说道："昨天我见了一件很奇怪的事，回家想了一夜，都想不出那个道理来。今天特地来拜望你老先生，请你指示。"

王老先生道："你亲目所睹，还不能明白。况我老朽并没看见，又怎能明白呢？"

霍桑道："我以为老先生定能明白，因为这件奇事，却出在老先生府上。"

王先生愣了一愣，道："我家里并没出什么奇事，想是你记错了,不是我这里吧?"

霍桑道:"一些也没记错,委实是在这里。"

王先生道:"那么,就请你说出来吧!"

霍桑道:"昨天下午,我走过这屋后面的那条路上,见有两部汽车,跑进一条弄内。我晓得那条弄没出路的,我很奇怪那两部汽车为何跑进去呢?当下我也走进弄里,心想看个究竟,不料等我走到弄里,早不见了那两部汽车的去向。弄里既没出路,汽车往哪里去了呢?这不是件奇事么?我想在附近打探明白,怎奈那条路上,很为僻静,人家很少,弄口的左右,又都是栈房,我竟没处去打听。后来晓得你老先生的屋后面,就是那条弄,或者晓得那弄里的机关。我就特地前来,问个清楚。"

王先生道:"这真是件奇事,但和你有什么关系,值得这样忙呢?"

霍桑道:"和我自然没有关系。但我很不明白那个道理,觉得闷得慌。"

王先生笑道:"这其中的道理,我却略有所知。但你必须把你和这事的关系,告诉了我,我才能讲给你听。"

霍桑道:"真个没有关系。你何妨说给我听呢?"

王老先生道:"那可不能。"

包朗见他们两下里只管推托,有些不耐烦,就向王先生道:"我说句老实话吧。倘我们和这事果无关系,我们何必来打探?不过这层关系,不便说了出来就是了。你若肯把这事的道理,说给我们听,就请你爽爽快快地说了,否则我们也有本领,侦探出来。"

霍桑听包朗说这番话，暗暗有些发急，连忙递眼色给他，叫他莫说。但是包朗好似没看见，仍然说下去。

不料包朗这番话，很有些效用，王老先生先前不肯说，如今却笑嘻嘻地点着头道："是了，是了。我明白你们的关系了。你们既有这层关系，我自当说给你们。但是这里耳目众多，说话很不方便，请你们到我的书房里去吧。"说时，他就站起身来，请霍桑和包朗跟随他走。

当下霍桑和包朗就跟他到了书房。霍桑见这书房陈设得很清爽，图书和器具，虽不甚多，却位置①得井井有条。

王先生笑嘻嘻地道："你们看我这间书房，布置得如何？"

霍桑道："好极了！清雅极了！"

王先生道："但是已不知费了我多少心血，才有这种成绩。"又指着两张靠背椅子，道："你们就请坐下吧。"

这时霍桑和包朗本站在一张沙发面前，见王先生招呼坐，霍桑就忙道："坐在这张沙发上，也是一样。"说着，就和包朗坐了下去。

王先生瞪了他们一眼，却也不说什么，就去拿了三支烟，递给霍桑和包朗各人一支。

他自己也点上一支，吸了几口，这才说道："说起这件事来，

---

① 位置：安置。

委实有些奇怪。我虽略知一二，但是当中的所以然，我也不十分明白。"

霍桑和包朗正想听他往下说，不料他说到这里，就不再说了，从椅子上站了起来，走到霍桑身旁。

霍桑的眼睛，何等厉害，只见这位王老先生的神情，忽然大变，笑嘻嘻的脸上，露出一脸恶像，那双眼睛，也射出凶光。

霍桑心知不妙，怕他使什么诡计，他却已伸出一只手，抓着霍桑的臂膀，拉将起来，道："你坐在这张沙发上，我和你谈天，很不便当。还是请你坐到那张椅上，和我的座位近些，说话也听得清楚些。"

他也不容霍桑分说，就把霍桑推到那张椅上。

霍桑一来不曾提防他，二来不晓得这张椅上，果有机关，被王老先生一推，就坐了下去。

霍桑的屁股，方才坐在椅子上面，只听得咯的一声，这椅子就变了样式。

原来这张椅上，装有弹簧，只要弹簧一受压力，两旁的扶手，就从前面包抄过来，恰恰把坐在椅上的人，拦腰抱住，动也不能一动。如今霍桑既坐在椅上，当然也中了这个机关。

包朗在旁，看得清楚，立刻从沙发上跳起来，在衣袋里掏出手枪，正想伸手向王先生来放。

说时迟，那时快。那只手早给人从后面抓住，还听那人说道："你还想强么？"

包朗急忙回头一看，不由得大吃一惊。原来抓住他手的，不是别人，正是坐汽车逃走的罗平，这时笑嘻嘻地说道："你们两人，委实大胆，竟敢又跑到这里来，只是太不知趣，就又中了我们的巧计，被我们捉住。"又提高声音道："你们这一次被我们捉住，休想再像前番。我必结果了你们的性命，方才罢休。"

这时霍桑和包朗知已中计，也就无可如何，只得听他们摆布。

罗平又高声喊道："来几个人呀！"

当下就有四个人，走进房来。

罗平指接着霍桑和包朗道："这两个王八羔子，你们快给我捆起来！"

那四个人就一齐动手，先把包朗的两手，反捆在背后，就又到霍桑的面前。

霍桑见他们当中的一个人，不知在椅子的靠背上，做了些什么手脚，那两旁的快手，就松开来。

这时霍桑虽是散手散脚，但他们的人多。俗语说得好，光棍不吃眼前亏。霍桑就一些也不抵抗，任凭他们捆好。

罗平坐在沙发上，向霍桑道："你怎么这样不讲情理？我以好意相待，劝你投降我们。你嘴里答应着，却趁着我走开的当儿，又逃走出来，再来和我作对。你既是好男子、大英雄，就不该恩将仇报。我且问你，你怎逃走的呢？"

霍桑冷笑道："你把我霍桑当作何等样人？虽然偶尔疏失，中了你的计，但我自有方法，脱险出来。如今你既问我，我也不必瞒你。"当下霍桑就把那番情形，说了个详细。

罗平不响，一会又道："但是你如今又被捉住了，你又有什么方法逃走呢？"

霍桑笑道："这个哪能告诉你？倒给你有了准备。况且什么方法，连我也没晓得，须得随机应变呀！"

罗平不再理睬，但指着他，向那四个人道："你们把他的衣服剥下来。"

那四个人答应着，正要动手，霍桑忙说道："慢着！我们都是文明人，虽说两下里处于敌体的地位，也得大家留些体面。剥去衣服，赤条条的，成个什么样儿呢？"

罗平好似不曾听见，只管喝着那四个人动手。那四人就不再容霍桑分说，早七手八脚，先把霍桑的外衣剥下，露出一件黄绿色的短衣来。

罗平见了，就道："好了，不必再剥。"又向霍桑说道："原来你穿上这件衣服，怪不得方才我向你放电枪，你一些也不怕。这样看来，你是存心和我作对。所以我有了这电枪，你就预备下这橡皮衣。但是我的法宝，还有许多，恐怕你还没晓得，看你又怎样防备？总之，你的本领虽强，到底敌不过我。你的性命，必然死在我的手里。"

霍桑并不和他辩，只鼻管里哼了几声。

罗平又吩咐把这件橡皮衣剥下。

包朗站在旁边，看了这种情形，先前只怪霍桑不听他的话，硬要到这里来，就又被他们捉住。如今见了这件橡皮衣，不免又恨霍桑只顾自己，穿上这件橡皮衣，也不通知他一声。幸亏方才罗平放那电枪，是向着霍桑，万一朝着他，不是就要触电死么？

包朗又想:"霍桑既是只顾自家的利害,不顾旁人的生死,以后倘再遇着事情,我也只替自己打算,何苦顾及他人呢?"

包朗越想越气,见霍桑的橡皮衣已被他们剥下,心下又暗道:"你瞒着我穿上这件橡皮衣,以为是万无一失了,不料如今也被人家剥去,和我不曾穿的,也是一样。你早知今日,或者也懊悔当初不该瞒着我了。"

又听得罗平发下命令道:"将这两个恶贼,禁在地窖里。"又指着两个人道:"就派你们两个在地窖门首,小心看守。倘若给他们逃走一个,当心你们的狗命!"

两人诺诺连声,就押着霍桑和包朗到地窖里去了。

第九章 地　沟

霍桑和包朗被押到地窖里。

霍桑察看这地窖的情形，从地面上走下来，足有二十多层阶级，想来这个地窖，定是已在地面以下了。地窖里面，约有一间房屋的大小，四面都是土泥，并没有铁板或三合土做的墙壁。地上也是泥地，且是凹凸不平，看这情形，定然未曾修理过。窖中也没有什么家具，只有一张破桌子，桌上点了一盏小油灯，发出很微弱的光来。桌子前面的地上，铺了两块破毯子，似乎预备给他们坐的。

押他们来的人，把他们推到窖里，并解放他们手上的绳子，就走了出去。最下一层的阶级上，本有一道铁门，他当即把门关上。

霍桑和包朗望着这道铁门，呆看了一回，就叹了口气，坐在破毯子上，一声不响。

过了好多一会，包朗才先说道："霍桑先生，不是我抱怨你。先前我叫你不要来，因为那时我的心里，就有些疑惑这屋的主人，定是罗平的羽党。你不肯听我的话，拿定主意，要来会他。如今可明白了：这个王老头儿，果然不是好人；罗平果然在他这里。

我们果然被他们捉住,看你有什么妙计,再能逃走?"

霍桑很镇静地笑了一笑,道:"你也不用抱怨我。当初我未尝不晓得这层,凡你所料到的,我也早已料到。不过我们做侦探的,第一当有冒险的精神,虽明晓得这个去处,是非常的危险,但和我们所探的案件上,既有些关系,就不能怕冒险,必得挺着身子,走将上去。若能因而成功,算是我们的幸福;不幸根本失败,甚至丧了性命,也不用抱怨谁,也不必自家后悔。所以如今我们虽陷入险地,你又何苦抱怨我呢?"

包朗道:"你话虽说得有理,但是我怎能不抱怨你?因为我本不肯来,你定逼着我来,就闹到这般地步,连性命都保不住了。再说当张才森暗杀案初发生的时候,我再三劝你不要去管闲事。你不听我的话,偏要去管,又拉我和你一道儿来做,其中也不知道经过多少危险。我这一条性命,好似站在鸡蛋上,简直是一刻也保不牢。这不都是你害我的么?我又怎么不恨你呢?"

霍桑道:"算了吧。事到如今,何苦再去说这些闲话?你恨我、抱怨我,试问有什么益处呢?"

包朗仍旧恨恨地道:"别样事情,我都不去说了,就说眼前的一件事吧。你本晓得罗平有一种新发明的电枪,人碰着它就死,十分厉害。所以你到万福桥去的时候,就穿上那件橡皮衣。果然罗平用电枪打你,不曾伤你分毫。这原是你设备周密的地方,我原很佩服你,但你不该瞒着我。幸而罗平不曾用电枪打我,万一也向我开枪,我自得触电而死。那时虽是罗平打死我,但据我想起来,我好似死在你的手里一般。我这样一想,就不由得不恨你了！"

霍桑听了，笑道："原来为了这件事，就这般地恨我？"

包朗道："难道还说我不该恨你不成？你须晓得这和性命有关呀！"

霍桑道："你莫再说孩子话了。你仔细想想看，你原是我的好朋友，无嫌无恨，我怎能生生地望着你去死？因为我早料到罗平不放电枪则已，倘若放了，必然打我。他晓得把我打死之后，剩下你一个人，也就奈何他不得。我因为这个道理，所以穿那橡皮衣，就不曾和你说。如今你反来恨我，真是有负我的用心了！"

包朗道："你莫强词夺理了！如今罗平不曾把我打死，你自然说这风凉话。万一我竟被他打死，横竖我已死了，也不能和你索命，你自然也就罢了。你既说我们是好朋友，好朋友应当这样么？"

霍桑道："我不和你辩，你也不必多说！这一回事，就算是我亏负你了。好在后来的事，正不如有多少，我总有机会，救活你一次性命，算是我补报你便了。"

包朗不响，还是瞪着眼睛，似乎胸中的怒气，还未能平息。

霍桑也不去理睬他，心想："罗平这厮，果然厉害。他们蓝三星党的势力，也着实厚大，处处都有他们的机关。而且各处机关里，又都有不可思议的埋伏，就如方才那张椅子，也委实巧妙。我进了这里的大门，一举一动，都非常地留心，独不曾注意那张椅子。因为那张椅子，真个看不出一些破绽。再说那两部汽车，究竟不知跑到哪里去了。据我想来，定是那道后墙上，装着什么机关，汽车就钻到墙的里面，所以如今罗平在这里。但是我已仔细查过那道墙，果是砖头造成，并没有可疑的地方。这又是个什么道理？俗语说得好：过到老，学不了。我经手侦探的案件，不为不多，遇见的奇怪事情，也不知多少，但既经我严密地考虑之后，总能寻出一二个线索。从来没有像这一回，弄得我茫无头绪，时刻上人家的当，几次三番，被罗平捉住。幸亏我还有些急主意，才能想出方法，绝处逢生，逃走出来。但是这样逃来逃去，毕竟不是个道理，而且我是个侦探，罗平是个凶犯，我来侦探他所犯的案件，就情理上说，应当他逃避我，如今却是我逃避他，这不是个笑话么？外人议论起来，岂不要说我无用？我'东方福尔摩斯'的大名，将为了这案子丧失尽了，岂不给人家笑煞，令我恨煞？"

霍桑想到这里，不免咬牙切齿，骂道："罗平这厮，倘我真个被你杀死，那就不用说了。万一我能捉住你，定把你碎尸万段，叫你晓得我的厉害，那才出了我心头恨气！"

包朗听他这般说，冷笑一声道："你不必发恨了。除非我们的灵魂，在三更半夜里，去作弄他一番。"

霍桑道："你以为我们已死定了不成？没有再逃走的机会么？"

包朗再冷笑道："请你去寻逃走的机会，但我以为决定没有了。你且看这地窖里，只有那一道门，可以走出去。试问你可有力量，毁去那道铁门？你纵然去毁了它，难道门外就没有看守的人么？除了这道铁门，还有别个出路么？真是所谓'上天无路，入地无门'。再有一层，罗平就是不来杀害我们，这地窖里面，四面都不透气，我们在这里面，不消三天，也得闷死了。"

霍桑安慰他道："你不必这般想法。你须想以前几次，我们都是到了绝地，以为万不能逃走出来，何以后来鬼使神差，竟得着大好的机会，一些儿也不费事，安安稳稳地出来呢？俗语说得好，'天无绝人之路'。我们是侦探案件，替人家伸冤。我想上帝也得保佑我们，不能眼看着我们被贼人害死呀！"

包朗道："那么你就快些求上帝来保佑我们吧。但是我怕在这地窖里求上帝，连上帝也不能知道呢！"

霍桑道："我不过这样比喻，你何苦来驳我？本来求上帝有何用处？还是我们商量个计较，才是正理。"

包朗道："我一些也没主意，倘你有什么主张，我都依从你便了。"

包朗嘴要这般说，忽见那破桌下面，有一条长形的物件，只因灯光太暗，看不清楚那是什么。包朗忙伸手拿来一看，却是一柄铁铲，是人家炒菜用的。虽没有什么用处，包朗却把它当作一件玩意儿，就用这铁铲，在地上剜泥。这也是他无聊中的消遣。

霍桑坐破毯子上，挺直身子，闭上眼睛，一声也不响，心里又想："我忙了这许多时，冒了几次险，吃了多少苦，好算是白忙，一些头绪也没得着。张才森的汽车和汽车夫，如今被罗平藏在哪里，还未晓得。更有张才森的那个图章，也还在罗平的手里。虽说张才森的家属，已知照各处银行和钱庄，不能凭那图章支付款项，而且又已登报声明，把那个图章作废，但那图章落在罗平的手里，他巧计百出，说不定又生出别样枝节来，总得设法取回，才是道理。办事的手续,才能算得完备。但是好似大海捞针,我又向哪里去探寻呢?"

又想到甄范同和那几个警察,现在不知是死活存亡,万一已被罗平杀死,岂不可怜?甄范同虽是才短学疏,没有什么本领,但他充当侦探,已有十个年头,资格也算很老,今番倘若被贼人害死,其余的侦探见了,岂不要寒心?以后遇着有什么案件,自然都存了戒心,缩头缩脑,不肯出力。到了那时,那班贼人,必然格外无法无天,毫无忌惮,可怜那些小百姓,不知要受他们什么蹂躏呢!

霍桑想到这里,忽听得包朗道:"这是什么?"

霍桑连忙睁开眼睛,偏着身体,伸头去看,见包朗用那柄铁铲,在地下掘了一个洞,足有二三尺深,洞里黑沉沉的,不见什么,就问包朗道:"你看见什么没有?"

包朗道:"我只管往下掘,忽然再也掘不下去,似乎下面有什么拦阻住了。我伸手去摸,果然有个很坚硬的弧形东西,埋在下面,但不知是什么。"

霍桑站起身来,拿了桌上的小油灯,再蹲下去看。只见那个洞里,真个有件东西,颜色和泥土微有不同。他再用手去摸,又抹去那件东西上的泥土,露出本来的颜色,却是深灰色。

霍桑又仔细想了一会,这才说道:"哦,是了。这是三合土做成的地沟。"

包朗听了他这话,也恍然大悟道:"你说的不错,这个必是地沟。"

这时忽听见那道铁门上,有些声响。

霍桑知道有人来了,连忙把小油灯放在桌上。

包朗也立刻站起来,用那破毯子挡住地上的小洞,再坐在毯子上,心想:"是谁来了呢?想必是罗平差来的。难道来杀我们的么?倘若真个如此,我们的性命,就在顷刻之间。想不到我包朗的性命,就断送在这里。"他想到这层,心中很为难受,再看霍桑,还是神色不变,两只眼睛,直看着那道铁门。

一会,铁门开了,就走进两个人来,手里都拿着菜碗,走到桌子旁边,都放在桌上,又笑嘻嘻地道:"我们首领,恐怕你们肚子饿了,特地吩咐我们送两样菜,和两碗饭来。你们赶快吃吧。我们首领,真是好人,肯这样待你们。若换了第二三个人,你们既然是他的仇敌,难得把你们捉住,早就一刀一个,请你们上西方极乐世界去了,还管你们肚子饿不饿呢?你们也莫辜负了我们首领的好意,赶快起来吃完。停一会儿,我们再来收碗去。"

霍桑和包朗都不理他们,等他们走出铁门,再把铁门关上。

霍桑含笑说道:"我肚子里果然有些饿了。他既送来,我们也不必客气,且吃个饱再说。"

包朗道:"亏你吃得下去。死在临头,还这样的快意!"

霍桑笑道:"就是死了,也不能做饿肚子的鬼。我劝你也吃一些,长长精神,想逃走的方法。"说完,就要站起来吃。

包朗道:"慢着!这饭菜里,说不定有毒,我们吃了,就得毒死!"

霍桑道:"你以为是罗平下毒么?你这个意思,可就大错了!"

如今我们已在他的掌握之中，要杀要剐，都可随他的意思。他不必用这暗计，下毒在饭菜里，毒死我们。我们尽可放心吃便了！"

当下霍桑就吃了一碗饭，包朗勉强也吃了半碗。

两人仍旧坐在毯子上。

包朗道："你的肚子已装饱了，精神大概也足了。请问你可有什么逃走的方法？"

霍桑道："方法却有一个在此，但能否有效，还不能知道。"

包朗听说有了方法，精神觉得一振，连忙问道："不必管它有效无效，你且先说出来，大家再商量。"

霍桑道："我的方法，就在那个地沟上面。"

包朗听了，愣了一愣，道："这地沟上面，有什么方法想呢？"

霍桑道："你不必性急，待我来说给你听。倘若这道地沟，离开出口的地方不远，一眼可以望得见，我的方法，就能行了。万一离得很远，那就枉然了。"

包朗听了，还是不懂，道："这是怎么说？我可不明白。"

霍桑道："这有什么不明白呢？这地沟本是圆的，直径有七八寸，足容一个人钻出去。倘若这道地沟，离开出口很近，我们不就能钻出去么？"

包朗凝神一想，道："是呀，这方法很好。万一距离远了，那又怎样呢？"

霍桑道："再想别个主意便了。"

包朗道："但是这地沟是用三合土做成，非常坚固，很不容易弄碎它。"又转了口气道："只要能逃出性命，说不得费些气力了。"

说时,他就卷上衣袖,紧拿定了那柄铁铲,先放大那个洞的面积,再把那地沟旁边的泥,都掘了去,就动手凿这地沟。

可是这道地沟委实坚固,包朗忙了半天,累得一身大汗,不过才凿成一个小洞。霍桑再去换他。这样轮流去凿,也不知忙了多少时候,竟然凿出碗口大小的一个洞来。

霍桑伸手进去,觉得里面流动的水,并不很多,只是黑黑的不见一些亮光。

包朗叹了口气道:"看这情形,大约离开出口,必然很远。我们是白费气力了。"

霍桑道:"你且莫灰心,再凿得大些,头伸进去看。倘若看得见亮光,那距离就不很远,我的方法,就有了效用了。"

这时又听得铁门响,包朗急忙用毯子把洞口遮住。

原来是方才送饭来的两个人,来拿碗的。他们见这么两碗饭,已吃去一碗半,就笑嘻嘻地道:"你们果然是好汉,还有心肠吃饭。我以为你们至少也得淌些眼泪。"

霍桑和包朗都不响,等那两人把碗拿去,仍旧干他们的正事。

包朗向霍森道:"你可曾听见那两人说的话?大约我们的死期已近了。这个方法,倘若无用,恐怕等不及我们再想别个方法了。"

霍桑道:"你且不去管他。我们赶快做事要紧。"

当下他们二人,用尽气力,放大这地沟上的洞口。先前只在这地沟上凿洞,自然很为吃力;如今洞口已有了,仅仅放大些,却还省事。

过了不多一会,这洞口的直径,已有了六寸光景。

霍桑就伏在地上,伸头进去一看,不由得笑出来,道:"难道真是上帝保佑我们?果然看见光亮大约总在二丈多远。我们再把这洞口放大些,就可钻出去了。"

包朗听他这般说,知道已有出路,性命可以保全,立刻觉得精神陡长,气力也大了。

不消一刻工夫,那洞口已足容一个人钻进去。

包朗就问霍桑道:"事已办妥。我们就走么?"

霍桑笑道:"这还用说?难道你想等罗平到这里来,你和他作别么?"

当下包朗先钻进地沟,里面水虽不多,但一种臭气,令人要呕出来,只以要逃性命,也顾不了许多,只好忍着气,向那亮光处爬。霍桑自然跟在他的脚后。

他们爬不多时,包朗的头,已到了出口的地方,一眼望出去,外边却是一道河。

霍桑在后面问道:"外边是什么所在呀?"

包朗告诉了他。

霍桑道:"这就好极了!我们横竖识水性,就跳到河里去,顺便洗去身上的臭气。"

包朗道:"好。"就跳到河里。

霍桑也跟着下去,洗了一回,再爬到岸上。

这里本是个冷静的地方。他们这般模样,也没有人看见。两人坐在岸上,歇了一会。

包朗道:"我们赶快回去,换上衣服。我还得吃些药水,因为我不住地要呕。"

霍桑道:"你可不能这样舒服。我们还得有要紧的事,必得赶快去做,一些也不能耽搁的。"

要知霍桑去做什么事,且看下章分解。

第十章　平野广场

甄范同率领一排警察，前往万福桥，破获贼人的巢穴，捉拿大盗罗平，但直到午后，还没见回来。有许多晓得这件事的人，就很替甄范同担忧。因为甄范同这番到万福桥去，本是出那贼人的不意，才可一鼓成擒，那么，必不消许多时候。如今既有这般长的耽搁，定是贼人有了准备，和甄范同对打起来了。他们两下里，倘真个打将起来，那班贼人，都是亡命之徒，生死不怕的，而且又在他们巢穴的附近，路径自然是很熟，恐怕甄范同不是他们的对手，说不定还得给他们捉去呢！

这个消息，一传十，十传百，就慢慢传了出去。晓得这事的人，也就多了。

那些向来恨甄范同的人，听了这话，都非常快活，说："甄范同平时强横霸道，吃他苦的人，甚至死在他手里的，不知有多少。如今真是'天网恢恢，疏而不漏'，他竟被贼人捉去。想来贼人必不一刀杀死他，必给零碎苦与他吃，这才消了我们心头之恨呢！"

但甄范同的那班狐群狗党，可就急坏了，四面八方去打探消息，怎奈也探听不出什么，闷在葫芦里发急，这才真个难受呢！

这时警察长坐在他的办事室里，见甄范同和那班警察，一个也不回来,心里也十分着急,但不便露出慌张的样子,只管一个人在这办事室里,坐一回、踱一回,很觉坐立都不安。

正在这万分无奈的当儿,忽听得有人敲门,就很不耐烦地问道:"是谁呀?进来吧。"

室门当即开了,原来是他贴身服侍的小厮。

警察长皱起眉头,道:"有什么事?"

小厮道:"王得胜要见警察长,说有要紧事,必须面禀。"

警察长道:"哪个王得胜?"

小厮道:"就是第一队第三排的警察,跟随侦探长到万福桥去捉贼的王得胜。"

警察长听了这话,才连忙说道:"原来是他!快喊他进来!他是一个人回来的么?"

小厮道:"正是。"说着,就回出来喊王得胜。

警察长心想:"怎么王得胜一个人回来?甄范同和那几个警察,到哪里去了呢?难道,真个被贼人捉去不成?"

这时王得胜已走进来,向警察长鞠了一躬,垂手站着。

警察长坐在椅子上,问道:"你一个人回来的么?"

王得胜回道:"正是。只有我一个人逃了回来。"

警察长听了这个"逃"字,知道事有不妙,接着问道:"侦探长呢?"

王得胜道:"侦探长和同去的几个弟兄们,不幸都被贼人捉去了。"

警察长道:"真有这事么?你快把你们去到那里的情形,和他们怎样被贼人捉住,一一报告上来。"

王得胜道:"我跟随着侦探长,到了万福桥。那里本是乡下地方,人烟很少,房屋也不多,都是些草房,只有一所高大的房屋。侦探长见了,就认定这必是贼人的巢穴,忙吩咐众兄弟们,冲门进去。侦探长真是好见识!这所房屋,果然是贼人的巢穴。因为我们方才冲进那大门,走进客堂,不料那大门两旁的夹道里,跑出十多个贼人来,当即把大门关上。说时迟,那时快。客堂的屏门背后,也跑出十几个贼人,都是手执快枪,把我们围困起来。那时我们见那班贼人,神出鬼没,已有些心慌,又见他们人多,我们兄弟们,虽也有枪,却都不敢动手。这并不是我们胆小,可是英雄已无用武之地,我们就不敢动手。好凶狠的贼人,先把我们团团围住,勒逼我们放下枪械。我们不能违拗,只好依着他们,把枪械放下。他们又将我们一个个地捆了起来,关闭在一间屋里。"

警察长听到这里,就说道:"听你这般说法,好似他们贼人,已早晓得我们前去,就设下这空城计来赚我们。我们不幸竟然中计。这便如何是好呢?但他们又怎能晓得我们的事呢?难道有人泄露出去的不成?"

王得胜不响。

警察长又问道:"但是你又怎能逃走出来的呢?"

王得胜道:"幸亏我随机应变得快。当夹道里的贼人跑出来、屏门后面的贼人还未跑出时,我就知道事情不妙,贼人已有了准备。就乘贼人关门的当儿,我就急忙藏在一间平房里。等到我们弟兄们都被贼人捉住、闭在那间房里之后,他们已都上楼去了。那时我就想逃走,怎奈大门里面,有两个贼人坐着看守。我实在没有法儿,只好藏在耳房①里,再等机会。当时我真个吓昏了,四面的情形,好似都不能看见。幸而我定了神之后,一眼看见这耳房的左边,有一扇窗子,虽是关着,却未上栓。我就走过去,轻轻地把那扇窗开了。朝外一看,我喜欢得几乎跳起来。原来窗子外面,是一个园子,离开窗子,约有一丈多远。还有一道竹篱笆,不过五尺高。篱笆外边,我虽不晓得是什么所在,但照方向想起来,必已出了那所房屋的范围。既在那房屋的范围以外,我就不怕什么了。当下我忙跳到窗外,一看园里,并不见有人影,也没有什么动静。我再急急忙忙,跳过那道竹篱笆,定睛一看,说什么不在那屋的范围以内,简直已到了官道上了。我这一喜欢,非同小可,就三步并作两步走,跑了回来,报与警察长知道。我想侦探长和那班兄弟们既被贼人捉住,吃贼人的苦,还是小事,恐怕他们的性命,都在呼吸之间。请警察长赶快打定主意,派人去救他们才好。"他说到这里,狠狠地望了警察长一眼。

警察长不响,低头想了一会,才慢慢地说道:"我自得派人去救他们。如今他们不是被关在万福桥那房屋里面么?我就派人去到那里,搭救他们。"

王得胜道:"不能这么办!如今再到万福桥去,必然扑个空,

---

① 耳房:正房左右两旁的小房子。

不能得着什么。因为据我想来,贼人捉去侦探长们之后,必然防备警察局里再派第二批人去。那么,他们自然搬到别处地方去了。"

警察长道:"这就难了。晓得他们搬到哪里去呢?时间又这般急促,来不及容我们探访。我看这种情形,恐怕侦探长们的性命,有些儿难保了。"

王得胜望了警察长一眼,道:"警察长不必发急。他们的去处,我却有些晓得。"

警察长跳起来道:"你晓得么?你晓得是什么地方?你怎能晓得?"

王得胜道:"说起来,话又长了。"

警察长道:"我们救人要紧。你且把那要紧的话,说给我听便了。"

王得胜道:"当我藏在那耳房里面的时候,非但可以听见那守门的两个人,并且也能听得他们说话。

"一个人先说道:'我疑惑我们首领定不是人,定是个神仙,所以才有这种智谋。无论什么事情,他都能预先料到,设下各种计策,任他什么人,都得中计。就如那大名鼎鼎的"东方福尔摩斯"霍桑,不是也几次三番,被我们首领捉住么?如今警察局里派来的这一班人,也没逃走一个,真叫他们吓得魂灵出窍,以后再也不敢拢近我们。我们蓝三星党还有什么顾忌?'那一个人接着说道:'正是。我们首领,好算是中国第一个能人,只可惜心地还嫌软些。就如捉住霍桑之后,依着我的主意,一刀把他杀死,除

了永远的祸根，我们首领却不忍杀他。他本也是个能人，就想出方法来逃走。真正可惜！'

"先前那人道：'你不能这般说。我想我们首领不杀霍桑，定有用意，我们却不能料到。难道我们首领有这样能为，独没有杀人的硬心肠么？'那人又道：'霍桑是有本领的人，首领不忍杀他，还有可说。难道如今捉住的这班饭桶，也不立刻杀死么？'

"先前那人道：'我想首领也必不杀，但监禁在一个很妥善的地方。'那人道：'监禁人的地方，算来很多。你以为首领把他们监禁在哪里？我们不妨来猜猜看。'先前那人道：'这个不必猜，我早已料到了。首领定把他们监禁在平野广场，因为那里是再妥当没有的地方。'"

警察长听到这里，接着说道："平野广场，又是个什么所在？这地名很为生冷呀！"

王得胜道："本来没有这个地方，这地名是他们党人自家定的。"

警察长道："我们既不晓得这平野广场在什么地方，又怎能去搭救他们呢？"

王得胜笑了一笑，道："王得胜已经晓得了，非但晓得那个地方，而且那里的情形，也略为晓得一二。"

警察长道："那么很好，你快说出来给我听！"

王得胜这才又道："这个平野广场，名字虽叫作'广场'，其实不过是几间房屋，从前本是人家的庄房，如今却成了他们党人的害人坑，死在里面的人，不知有多少。这个所在，从这里向南走过去，大约有二十五里路的光景，是个很冷僻的地方，周围三四里路以内，没有一个人家。所以他们党人每次捉住仇人之后，多半送到那里，关在那房屋以内，捆紧手脚，再用棉花塞在嘴里，自然动弹不得，也不能作声，不过几天的工夫，就此断命。死了以后，也没人去收尸，任他在那屋里腐烂。

"所以那两个看门人当中，有一个人说道：'我曾经奉了首领的命令，押送一个人到那里，才把那房屋的门开了，就闻着一股臭气，简直要呕出来。再走进去一看，真个要叫人毛发悚然：里面空洞洞的，没有一件东西，地上面却横七竖八躺着几个尸首，都是皮肤变成黑色，只须用脚轻轻一踢，一颗头和四肢，就都和身体脱离关系。原来已经烂了！还有些皮肉烂完，剩下的白骨，也乱堆在地上。看了那种景况，就不能再说那是房屋，好似一间地狱一般。'如今他们党人，倘若真个把侦探长和几个弟兄们送到那里，必然有死无生。所以我方才说过，请警察长赶快打定主意，派人去搭救他们才好。"

警察长听王得胜说完，慢慢地道："原来如此。"又低头想了一会，道："既然如此，我得设法去救他们要紧。若是迟了，莫再生出变动来。我想他们贼党很多，上次派去的人，未免太少，所以才被他们围困。这一次，我多派几个人去。若是不遇见贼党，我们就可打开那房屋的门，不知不觉，把侦探长们救出。万一遇着他们，也可和他们打一场。打胜了他们，再去救我们的人。纵然败了，能够打死几个贼党，也出出我们的气，并可叫贼党晓得我们不是无能之辈。"

王得胜又打了一躬，说道："警察长的办法，固然极是，但是王得胜还有个意思，要回禀警察长。"

这时警察长听了王得胜那番话，觉得他们党人，果然厉害，心中不免有些胆寒，嘴里虽那般说，其实也拿不定个主意。听王得胜又说有个意思，想来定有什么妥当的办法，就连忙问道："你有什么意思，不妨快说出来，倘若妥善，我可就依着你办。"

王得胜道："我也没有什么重要的意思。不过为慎重起见，这一次必须警察长亲自率领警察，前往捉拿，方才妥当。"

警察长听他这般说，心里很不赞成，但也不便拦阻他，就道："这却如何呢？"

王得胜道："上一次有侦探长领弟兄们，足能指挥一切。这次若只派长警①率领前往，似乎太不慎重。而况那长警也不知这当中的底细，糊里糊涂，哪能去办这重大的事？"

警察长听他说得有理，想了一会，就说道："那么，我就派你前去。这其中的情形，你自然是很熟悉的咧。"

王得胜道："这个重任，我不敢承当。因为王得胜也是个普通的警察，何能指挥兄弟们？他们必不能服我。"

警察长道："这倒不妨。待我吩咐他们，都得受你的指挥就是了。"

王得胜道："这也不妥。他们在警察长面前，听警察长的吩

---

① 南京国民政府建立后，警察编制依然套用军队模式，分为警官与长警。警官属于公务员，享受文官同等待遇；长警包括警长与警士，属于兵的范畴。

第十章 平野广场 | 109

咐，自然是满口答应，不敢说半个'不'字。万一到了临场，他们竟然不听我的话，那时误了大事，又将如何？所以据王得胜想，必须警察长亲自去走一遭，才可救出侦探长和弟兄们。若是委托别人，恐怕不能成功的。"

警察长心里自然不愿意去，但也说不出个不去的理由，发了一回愣，也想不出个主意，但向王得胜道："你且下去歇歇，待我斟酌一番。"

王得胜答应道："是。"又道："请警察长快定主意。迟了，恐怕他们吃苦。"

警察长道："晓得了。"

王得胜这才退出这办事室。

警察长坐在室里，自己想道："那班贼党，果然厉害。我们本是出其不意地去捉他们，不料反被他们出其不意把我们捉住。他们既有先前那种能为，自然也能料到我们必有第二批人去，他们就有了准备。倘若我带领警察，到那个什么平野广场，万一再中了他们的计，被他们捉住，我吃些苦头，还是小事，我这警察长的名誉，不是很受些影响？万一警察厅长再说我不能办事，那时我这个警察长的位置，也就有些不稳。但是我不去呢，又派哪个去？救不出侦探长和那几个警察，这件事也不能了结。这便如何是好？"

他越想越急，只是在这办事室里，团团乱转，一些没有主意。

忽然方才那个小厮又走进来，道："外面有两个人，要见警察长。那两个好生面善，但叫不出名字来。他们也不肯说出姓名，只说见了警察长，警察长自然认识他们。"

警察长道："你叫他们进来便了。"

那小厮退出，随即走进两个人来。

警察长见了，就道："原来是你们两位。"

看官们，你道这两人是谁？原来正是霍桑和包朗。

当下警察长就请他们坐下，问道："你们两位，来到这里，有何见教？"

霍桑道："张才森那件案子，如今怎么样了？"

警察长道："不必提起了。我正为着这事，烦闷极了。"就把甄范同率领警察到万福桥捉贼一去不回的话，说了一遍。

霍桑笑道："其实这些事情，我早已晓得了，而且还看见甄范同被贼人用汽车装去的。"

警察长很诧异道："你如何能够看见的呢？"

霍桑也就把以上的各种情形，向警察长说了一遍。

警察长道："原来你们也在那儿活动，只是也不能把贼捉住。这就可见贼人的厉害了。但如今还有救出甄范同的希望，因为我已晓得甄范同被禁的所在了。"

霍桑道："你怎么会晓得的？"

警察长道："因为我有个警察，他从万福桥逃回，就打探出这个消息。"便把方才王得胜说的话，告诉了霍桑。

霍桑听了，说："这个警察，却很有些机变，但不知他叫什么名字。"

警察长道:"他叫'王得胜'。"

霍桑高声道:"就是'王得胜'么?这就怪不得了。"

警察长见他这样,很为奇怪道:"王得胜怎么?"

霍桑道:"你以为'王得胜'真是警察么?他本是个党人,名叫'李四',特地投身到这里,打探警察局里的信息。甄范同前往万福桥,就是他报告他们党中的。"霍桑又说明如何晓得这层的道理。

警察长听了,不由得大怒,立刻传进王得胜,大骂道:"我几乎再受你的骗!原来你本是党人,有意来赚我。"

王得胜还想辩,霍桑做了证人,他这才没有话说。

警察长立刻吩咐把他看管起来,严行防范,莫被他逃走。

警察长既晓得王得胜是党人,方才说的那番话,自然不能相信,于是和霍桑共商搭救甄范同的办法。至于什么办法,须在下回书中交代了。

第十一章 枪击罗平

霍桑听了警察长这番话,一声不响。

警察长又道:"如今甄范同已被党人捉去,我好似失了左右手,一些也没了帮助。那些警察,本都是无用之辈,岂是罗平的对手?至于我捉贼杀贼,虽是好手,若是去和贼人争奇斗智,老实说一句话,我委实没有那种能为。所以如今这件事,除了你霍桑先生,简直没有第二个人可以拜托。好在你先生素来很热心,对于这件案子,又曾从中侦探,前后的原委曲折,都能明白。还得请你尽些心力,积极进行。虽不必就说捉住罗平,解散蓝三星党,至少也必得救出甄范同和那几个警察。那么,非但甄范同和几个警察感激你救命之恩,就是我也非常感激你了。"

霍桑听他说得这般委婉,不由得望了他一眼,道:"你想叫我去救甄范同和那几个警察么?我委实没有这般能力。"

包朗也在旁插嘴道:"你们自己有意把他们推到死路上去,又要我们去救他们。我不懂你们是什么意思。"

警察长道:"你这话可就奇了。我们何尝把他们推上死路?至于到万福桥去捉贼,本是他们应尽的义务。只能怪他们自不留心,才中了贼人的奸计。"

包朗道："不是这般说。我方才说那番话，自有我的道理。"

警察长道："有什么道理呢？倒要请教请教！"

霍桑道："我这朋友说这番话，你委实不能怪他，我也得这么说。因为这本是你们的不好。"

警察长道："连你也得这样说么？这就更奇了。究竟是什么道理？且请你们说出来。倘若真是我们的不好，我们自当引过自责。"

霍桑道："那么你就听我说吧。我们自从那王老头儿家的地沟里逃出，得了性命，来不及回家换去这身湿衣服，就跑到那里附近的第二警察局里，想借用十数名警察，立刻一同赶去，搭救甄范同，并捉拿党人。那时我们确定晓得甄范同和那几个警察，以及罗平，都在那里。而且罗平不知道我们已经逃走，又决然料定你们警察局里，只等甄范同的回信，不会再派出第二批人来。他们以为千稳万妥，自然一些不防备。我们带领警察，出其不意地把那王老头儿的房屋，四面围将起来，怕那一行贼党，逃上天去不成？必然被我们捉住，还愁不能救出甄范同和那几个警察么？再退一步说，罗平的诡计，虽是多端，难保他不能急中生智，但是他们死守在屋里，究不及我们在屋外的活动。至多那班贼党，只可自家逃走，也万不能再带走甄范同等人。那么，我们虽不能捉住罗平，也可救出甄范同。我这种计划，总算设想缜密，办理周到了。在你警察长的意思，以为何如呢？"

警察长连声赞好，道："好主意！真个是好主意！不愧是'东方福尔摩斯'想出来的。但是你们去到王老头儿那里之后，怎样和他们贼党对打？我想有你在那里指挥，必能获胜！甄范同等想已救出，共捉住几个党人？"

霍桑微微一笑，道："倘能依着我的办法，结果定能如此。只可惜我的这种计划，却未能实行。"

警察长很诧异道："这样的好计策，为何不实行？难道你又有别样更好的办法么？"

霍桑笑道："这却没有。我的那种计划，我也以为很好，很想立即实行，可恨旁人不容我实行。单靠我们两个人，纵然冒险去做，也必毫无结果，反而又伤了自家的性命，所以我就把那计划放弃了。"

警察长道："哪个不容你去实行？这可混账极了！"

霍桑忙道："你慢着乱骂！原来阻挠我们大事的，不是别人，正是你们第二区警察分局长。"

警察长愣了一愣，道："他为何阻挠你们？他向你怎么说法？"

霍桑道："他虽破坏了我的计划，我却一些不怪他，因为他也有解释。他说未奉到长官的命令，不能调动警察，跟随我们私家侦探，前去捉贼。这种理解，也很有些理由。当时我又和他说：'我们此番出去，捉贼还在其次，最要紧的，就是救出甄范同们。甄范同是位侦探长，也是官中的人物，你们也得出一些力。'怎奈我虽这般说，那位分局长再不也肯，说除非有你的命令，他不敢把警察调动。我和他商量了好多一会，他始终不答应。我没有法想，就到你这里来了。"

警察长道："他不肯答应你，也是他的职责所在，原也不能怪他。如今你们既到了我这里,这就容易办了,待我立刻派十几个得力的警察,随同你前去便了。"

霍桑笑道:"然而已来不及了。如果来得及时,我见了你的面,早就和你说,也不和你讲这些闲话了。"

警察长很狐疑道:"怎么如今又来不及了呢?我倒有些儿不懂。"

霍桑笑道:"这是显而易见的道理。你想我们从王老头儿那里逃出之后,直到现在,已有了多少时候?在这许多时候当中,我怕罗平早已发觉我们逃走。他既已晓得,照他那种本领,必能料到我们请了救兵,再去和他们作对。那么据我想起来,他就不外乎两种办法:一则设下巧计,再诱我们去上圈套;一则一股脑儿的贼党,押着甄范同等再到别处去,让我们去扑个空。所以我想那种计划,到了如今,已归无用了。"

警察长听了这番解说,连连点头称是。

霍桑又道:"兵家说得是:知人知己,才能百战百胜呢!"

警察长又道:"依你的主意,如今又将怎样办法呢?"

霍桑不响。

警察长想了一会,道:"我倒有个积极的办法,不知好也不好,须得和你商量。"

霍桑晓得他是个无用人,想来没有什么好办法,姑且问他道:"你说出来听听。"

警察长道:"我想蓝三星党的机关,不过是万福桥和你所说的王老头儿那里两处。我们也不必和他斗什么法,只派上两大队的警察,把那两处围困起来。罗平虽凶,他能突出重围么?他们的机关,既已破获,好似乌鸦失了巢,就没有了归处,蓝三星党就得解体了。这个办法,你说妥当不妥当?"

霍桑道:"这办法妥当不妥当,姑且搁起不谈,但这个不是根本的办法。你说破获了他们的机关,他们就没有归处。罗平是何等样的人物,难道除了这两处,他们就没处安身不成?而况如今他们的巢穴,又不止这两处呢!据我的意思,不必兴师动众,只须想出方法来,轻轻地把罗平捉住。那时蓝三星党失了首领,那才好似蛇无头而不行,不解散而自解散。社会上的人,也不致再受他们的害了。我又要退一步说了,他们党人,纵然不肯解散,另外举出个首领来,但必不能像罗平这般厉害。那时我们再随机应变,捉拿他们,可就容易了。"

霍桑说时,警察长一声不响,等到他说完,才说道:"这原是根本上的解决,再好没有,但这个方法,可就难想了。你既这般说,想来定已胸有成竹了。"

霍桑道:"我不过是一种理论。至于用什么方法,却还不曾想出。而且这个方法,必得妥稳到万分,一时也想不出的。"

警察长见霍桑说不出个方法,也就不响。

包朗却向霍桑道:"我们何必在这里说闲话?还是回去换衣服吧。我穿着这套衣服,觉得身上难受极了。你倘再要谈时,我就先走咧。"

霍桑道:"我已没有什么说了,也得回去换衣服。"说着,就站起身来,又向警察长道:"我们回去了。倘有什么方法,再来告诉你便了。"

警察长又说了许多好话，重重地拜托霍桑。

霍桑满口答应，这才和包朗走出警察局，一直回家去了。

第二天午后，霍桑正坐在房里，忽听得电话铃响，走过去一听，原来是警察长打过来的，问他可曾想出个方法来。

霍桑回答他道："虽然想出几个方法，但总不十分妥善，不能必致罗平的死命，容我再慢慢地想吧。"

霍桑摇了回铃，坐在椅子上，正自心中打算。一个下人走进来，道："外面来了一个人，要见主人。"说时，就把名片通过来。

霍桑见这片上，印的是"武少峰"三个字。

霍桑心想："这武少峰是谁？我并不认识他呀！如今他既来此，定有道理。且叫他进来，听他怎么说法。"就对下人道："你请他进来便了。"

下人当即退出。

不多一会，就走进一个人来。

霍桑见这人年纪在三十以外，生得很为精悍，穿了一套布衣服，是个普通人的模样。

他见了霍桑，就问道："你就是霍桑么？"

霍桑道："正是在下。你今来此，有何见教？且请坐下。"

少峰也不客气，就坐在一张椅子上，问霍桑道："张才森的案子，如今怎么样了？"

霍桑见他问得突兀，就望了他一眼，道："还没有结果。"

少峰道："而且甄范同和几个警察，也被他们捉去，可是不是？"

霍桑道:"正是。但是你要问它,为了什么?"

少峰笑道:"倘若没有道理,我也不问了。既然问了,就有道理。我老实告诉你说,我本是个蓝三星党的党人,只因为见他们党中行事,都是杀害人命、抢劫财物,都是不法的行为,万一给官厅捉住,就得重重治罪。所以我想和他们党人脱离,替社会和国家尽一些子义务。如今我来到这里,正是为了这事。你们不是说要捉拿罗平,并救出甄范同么?我却晓得他们的所在,特地前来报告,让你好派人去捉,也算是我回入良好社会的进身之阶。"

霍桑听了,鼻孔里哼了声,道:"好一个胆大的恶人!也敢来假说好话,欺骗我么?我久已晓得你们诡计多端,我再也不来信你。请你赶快出去吧!若迟一刻,我就得喊警察来,捉你到警察局去。"霍桑一面说,一面察看他的脸色。

只见他神色如常,一些不变,站起身来,哈哈大笑道:"我道鼎鼎大名的'东方福尔摩斯',有什么大本领?原来连真假也不能看出,不过有名无实罢了。"说罢,也不再理睬霍桑,就往外走。

这时包朗本也坐在旁边,就喊住他道:"你且慢着走!倘你有什么保证,我们就可相信你的话。"

少峰也就回转身来,说道:"这倒像是句话。我自有保证给你们。"

包朗道:"那么你请坐下吧。"

少峰重复坐下,说:"我一片真心赶来,你们却当我是假意,我自然发急了。我弃暗投明的道理,方才已经说过,那都是良心上的主张,没有丝毫假意。你们尽管放心便了。至于保证一层,我就拿我的妻子儿女,做我的保证,你们以为如何?"

霍桑不响。

包朗道:"这是怎么说?你且说个明白。"

少峰道:"我家住在西园路八十六号门牌,你们尽可去调查,包管确实。等你们调查确实之后,我再陪着你们前去捉拿罗平,救出甄范同等。倘若我有别种用心,欺负你们,我不能不要妻子儿女呀!就肯眼睁睁地望着他们被你们拿办么?你们这么一想,就可晓得我实是真心了。"

霍桑道:"如今罗平必已不在王老头儿那里,又跑到哪里去了呢?"

少峰道:"自从你们逃走之后,罗平晓得事情不妙,他们一行人众,连同甄范同等,就都回到万福桥去了。"

霍桑道:"万福桥那地方,我也曾去过一次,也曾看见他们的巢穴,但没有进去过,不知道那屋里面可有机关没有?"

少峰道:"怎么没有?而且都很厉害。生人走进去,没有一人能活着走出来。但是那种机关,我都晓得,有我陪着你们去,包管万无一失。"

包朗道:"你既有这片好心,我们就答应你。但我们必须去调查你的家里。明天下午,你来讨回信吧。"

少峰道:"好。"就告别出来。

包朗向霍桑道:"据我看来,这个武少峰必是真心,因为他肯拿妻子儿女作保证。待我立刻到西园路去调查,看是如何。"

霍桑不答。

包朗也不等他答应，就走了出来。

这里霍桑独自坐在房里，心想："这个武少峰来得很奇怪。他虽是那般说法，我恐怕其中定有道理。莫非他有意来诱我们，上他们的圈套呢？但他又怎肯拿他自己的妻子儿女作保证？这真是怪事了！真呢假呢？我倒有些断他不定。"

霍桑沉吟了一回，包朗已经回来，说："西园路八十六号门牌，果是武少峰家，住在那里，已有多年了。这样想来，方才武少峰说的话，定是真话，我们莫再疑惑他了。等他明天来时，我们就答应他，和他同去。倘能捉住罗平，岂非名誉上的光彩？"

霍桑低低地答应了一声。

一宿无话。

到了明天下午，少峰果然来了，问："可曾去调查？是否确实？"

包朗道："千真万确！我们是多疑你了。"

少峰道："你们既已相信我，今天晚上，就得前去动手。迟了，怕再有变化。"

包朗道："好。"

大家闲谈了半天，天色已快晚了，一同吃了晚饭。

霍桑和包朗结束停当，就和少峰坐汽车，直往万福桥去。

不多一会，已到了万福桥。大家下了车，少峰在前引路，霍桑和包朗跟在他的后面。

这时已有十点多钟，月光不明，四周很昏黑。三人慢慢前走，已到了那所高大的房屋门前。

霍桑见那大门关着,但少峰不知怎样一弄,门就开了。

少峰说:"这就是一种机关。"

当下三人就走进大门。少峰就把门关上,仍旧在前引路。弯弯曲曲,走过许多所在,果然平安无事,没触着一件机关。虽也曾遇见几个人,但少峰打过招呼,也就不来多问。

少峰低低地向霍桑道:"若不是我,你们一进大门,就得中了机关,被他们捉住了。"

这样又走了一会,到了一个天井。少峰忽然站住,指着那边一排窗户,道:"那就是罗平的卧室了。我料罗平定已睡觉,我们正好下手了。"

霍桑当即走到窗前,从窗缝中朝里一看,只见这间收拾得很整齐,朝窗放着一张铜床,并无帐子。床上侧卧着一人,脸正朝外。

霍桑仔细一看,正是罗平,闭着眼睛,大概已睡熟了。

少峰本也从别个窗缝中朝里望,见罗平这样,就笑嘻嘻地向霍桑道:"果然不出我之所料,合该罗平当死,我们的大功告成了。我们快下手吧!"

霍桑见床上睡着的那人,果是罗平,也不由得心下欢喜,就在身边掏出一支无声手枪,把枪口伸到窗格里,对准罗平的头额上,就扳动机括。

只见枪口一阵黑烟出处,床上的罗平,未曾喊一声,早就头破血流。雪白的布枕头,已染得通红,想来罗平定已死了!

罗平真个死了么?且看下回分解。

第十二章　金钟罩

话说霍桑放出一枪,正打中罗平,鲜血直流,雪白的枕头和被褥,都变成红色。罗平却哼也不哼,动也不动,分明已经死了。

霍桑一见,好生欢喜,暗暗想道:"我恨你这万恶的罗平,你也有恶贯满盈之日,今天死在我的手里。想你平时用尽心机,不知害了多少人命,造下多少罪孽。你仗着有些鬼聪明,时时想出些坏主意,欺骗人家。官厅里奈何你不得,你却不提防你自己的党人,也看你不过,有心作弄你,引我到此,一枪把你打死,替社会上除个大害。"

这时霍桑十分得意,脸上露出极愉快的笑容。

包朗站在旁边,见了这般,也非常快活。就是那个武少峰也笑嘻嘻地向着霍桑,伸出右手,翘起一个大拇指,道:"不愧是东方的福尔摩斯!但是我以为你的本领,还在西方福尔摩斯之上。因为西方福尔摩斯,直到今日,也不曾捉住那个亚森·罗苹,你却能活活地把罗平打死。你的本领,不是更超出一等么?"

霍桑也笑道:"我还未曾和你客气,你倒先夸奖我起来了。此番若非你做我们的先锋,我们哪能走到这里?恐怕早已踏中机关,被罗平捉住了。这样说来,这一次的功劳,应当你居第一,才是正理。"

武少峰也不回答，只说道："当你放枪的时候，我委实急了一急。因为我们虽然偷走到这里，没碰见一个人，但都是我们设法避开他们，才没遇着埋伏，并非这里真个没有人。那么你的枪声一响，各处的埋伏，知道有了事变，自然就蜂拥而来。那时我们人少，无论怎样，终久不能逃出。我们虽已打死罗平，但恐怕我们三人的性命，也必不能保了。"又笑道："拿我们三条性命，去抵罗平一个人，我们似乎太冤屈了。所以当时我很想拦阻你，怎奈事已不及，你已扳动枪机。可是我并没听出枪声，却已见罗平中枪而死，我这才明白你用的是无声手枪。你用心这般仔细，我不由得非常佩服你，相信你果然名不虚传。"

霍桑也笑道："那本是你多发急。你想我霍桑探案多年，至少已有了些经验，如何会冒冒失失，在强盗巢里，公然放起枪来呢？难道是自己想寻死不成？"

他们二人，一问一答，谈得十分起劲，似乎忘却是在什么地方。

包朗呆呆地站在旁边，听得有些不耐烦，就说道："这里也不是茶馆、酒楼，有话尽可慢着说。如今我们既已打死罗平，应该赶快逃走，还逗留在这里做什么？万一耽搁久了，他们党人知道这番情形，赶拢来捉我们，要替他们首领报仇。到了那时，我们虽想脱身，恐怕已不能了。"

包朗这几句话，倒提醒了霍桑，当下就向武少峰道："一客不烦二主。你既引我们进来，还请领着我们出去。想你既已弃暗投明，当然不愿再留在他们党里，还是和我们一同回去。待我报告警察署，你自然有你应得的功劳。那时论功行赏，你或能得着一官半职，可就能补改前非，做个好人。你意下以为如何呢？"

武少峰露出很恳切的样子道："那就好极了！我的用意，本是这样，但不知官厅方面的意思如何。这个还得请你霍桑先生从中斡旋。"

霍桑道："你不必多虑。我想你既帮助我们打死罗平，除去社会上一个大害，社会上的人，必能另眼看待你，不念你的旧恶，准许你改过自新。"

武少峰道："果能这样，我就感激不尽了。但是如今我还有个意思，不知你们可赞成不赞成。"

霍桑道："是什么意思呢？你且说出来吧。"

武少峰道："我们虽确实把罗平打死，但若这样空手回去，有一班人，或者不能相信，还得说我们假装场面，欺骗他们。而且蓝三星党的势力，原来很大，罗平虽是个首领，但以下还有许多小头目，本领虽赶不上罗平十分之一，但也能扰乱社会，伤害人民。如今罗平虽死，却包不定他们不再胡闹。万一他们真个胡闹起来，社会上的人，不知底细，就得说：'罗平既死，蓝三星党没了首领，当然无形解散，何以他们仍旧胡闹呢？这显得罗平并没有死了，必是霍桑们有意造谣。'那时我们受这冤枉，真个无法洗刷呢！"

霍桑听他这番话，很有些道理，心下盘算着，也不回答。

包朗却从旁插嘴道："你想得周到极了。我们出生入死，好容易才把罗平打死，虽不想社会上的人歌功颂德，但若再受他们的冤枉，我们似乎太不值得。照你的意思，预备怎样呢？"

武少峰道："依我的意思，趁这人不知、鬼不觉的时候，把罗平的死尸掮了出去，好让社会上的人，大家看见。将来蓝三星党纵然再闹出乱子，社会上的人，也只能恨那班党人，可怪不着我们说谎了。"

他说时，两个眼睛，直望着霍桑，似乎要察看霍桑脸上的颜色，揣测他心中的用意一般。但霍桑是深沉不露的人，无论心里苦乐，再也不露在脸上，武少峰哪里能察看得出？

包朗又道："你虽这般说，似乎很容易，但实行起来，恐怕很费手脚呢。"

武少峰道："凭着我们三人的气力，还怕掮不动罗平的死尸么？"

包朗道："这个自然。莫说三个人，就是我一个人，也能掮着他飞跑。但是当我们进来的时候，曾遇见几个党人，幸亏你和他们打了招呼，他们才不来盘问。万一我们掮着罗平的死尸，走了出去，再被他们撞见，定要搜查，那便如何是好？"

武少峰道："这个却不要紧。有我在此，既能不知不觉地进来，做出这件大事业，就可安安稳稳地出去，完成我们的大功。"

包朗道："这就很好。迟一刻不如早一刻，我们就到房里去下手吧。"说罢，两只眼睛，四下乱瞧，在那儿寻房门。

霍桑忽说道："包朗，慢着！你不记得以前的事么？又这等冒失起来了。"

包朗这才不动。

霍桑又向武少峰道:"我想罗平居心叵测,奸计甚多,大门之内,就埋伏着机关,叫人不敢越雷池一步。他这间卧房里,自然也有机关,必然来得格外厉害了。不知道你可能晓得这卧房里的机关么?"

武少峰笑了一笑,道:"霍桑先生,我虽不是蓝三星党的首领,也不是蓝三星党的小头目,不过是个普通的党员,但是党中行事,我没一件不晓得。慢说这些机关,我更能晓得清楚,而且这间卧房里,并没有什么厉害的机关,只有一两件,是很容易破除的。因为罗平常说,从大门起,直到他的卧房门外,总有二三十道机关,无论什么能人,也必不能一一飞过,直到他的房门前。所以他在卧房里,只设下一两件机关,应个景儿罢了。他这层意思,说破了很为明显,但是常人再也料不到。慢说常人,就是你霍桑先生所料想的,也适得其反。于此可见罗平的思想,实在高人一等了。"

霍桑点点头道:"你说他房里只有一两件机关,但不知究是什么机关,你可能去破掉么?"

武少峰道:"这有何难?就请你们随着我来,看个仔细便了。"

当下霍桑和包朗就跟着武少峰走,只向右手转了一个弯,就到了一间客堂。

这间客堂,面积不大,陈设得却很精雅。

武少峰走到客堂中间,就站住脚,回头笑向霍桑道:"已经到了。你们去敲开罗平的房门吧。"

霍桑和包朗听了他这话,都向四下里瞧,只见墙壁上都挂着图画，并没有房门的形迹。

包朗的经验，究竟还浅，不免有些奇怪。

但是霍桑却毫不为奇，很为安闲地说道："这必是暗门，只须按在弹簧上，那门自然就开了。"

于是武少峰也不再说什么，就走到上首一幅山水画面前。

这幅山水画旁边的墙上，钉着一排七个黄铜的衣钩。这本是人家普通用的东西，原不稀奇。但是武少峰伸手拿住第五个黄铜衣钩，只见向下拉了几拉，就听得呀的一声，那幅山水画立刻不见了，却现出一道门来。这一扇洋式的门，却紧紧关着。

武少峰又回转身来，向着霍桑和包朗道："如今房门是已经寻到，但是要推门进去，还得费些事呢！而且当这门开时，就有机关现出，不知道的人，必然性命不保。你们且看我去破法吧。"

他说完，就又走到房门前，抬起一只右手，在门旁边的镶板上面，不知怎样一弄。说时迟，那时快。他的手方才和这镶板接触，他的身体，早已跳到旁边去。

他这一跳，脚还未着地，那门果然大开，里面却显出一个身材高大的人来，两只手捧着一柄明晃晃的刀，刀锋朝外，似乎要刺杀人的一般。

当下霍桑和包朗见了，倒吃了一惊，以为这高大的人正是党人。他既从房里出来，必已晓得罗平被人打死，再见我们都是生人，必不肯轻轻把我们放走，虽有武少峰在旁边打招呼，恐怕也无济于事。这便如何是好？

正自心下发急，只见武少峰已慢慢地走过来，说道："你们看这个木头人，做得好也不好？活脱和真人一般无二。再看他手里拿着那柄刀，也曾用毒药浸过，只须碰在人的皮肤上，流出一些血来，那人的身体里面，就已受了毒气，不出三天，包管皮肉溃烂，一命呜呼。所以不晓得这种情形的人，虽然走进大门，闯过二三十道的机关，到了这里门前，再假定这人能拉开那幅山水画，按在门旁的镶板上，但是闪躲得慢一步，还是逃不出个'死'字。你们想罗平的种种防备，总算周到极了。但是他于万分周密之中，总不免有些疏忽，就有了我这害群之马，破了他的机关，送了他的性命。"说时，微微笑了一笑，又道："如今门已开了，机关也已没有了，赶快一同进房去，掮起罗平的死尸，离开这个虎穴龙潭吧。还是我来引路。"

于是武少峰在前面走，霍桑和包朗紧紧跟在后面，走过那个木头人，就到了房里。

霍桑见这间卧房，种种陈设，和常人的卧房无二，并无稀奇出色的所在。再看罗平躺在床上，面色惨白，和死人一般，伤口里的血，还是流个不住。枕头和被褥染血的地方，比较方才在窗外看时，又大了不少。

这时包朗忽然恨恨地说道："罗平呀，我们为着你冒了多少险，吃了多少苦，一条性命，几次三番，险些儿送掉。我恨你的心，真个达于极点了！如今托天之福，有你的党人，做我们的引导，把你打死。这原是冤冤相报，也可稍出我心中的恨气。罗平呀，现在我们站在你的面前，你为何响也不响，还闭上眼睛，不瞧我们？既不请我们坐下，也不请我们吸烟，却只管把你体内的鲜血，送了出来，难道你叫我们把你的鲜血，当作美酒喝么？"

包朗自言自语，好似疯子一般。

武少峰却拉了他一把，道："你敢是发疯了么？他是死人，你和他说些什么？赶快来扛他的死尸吧。"

包朗这才和武少峰走到床前，霍桑也跟了过去。武少峰又揭去罗平身上盖的被，只见罗平只穿了一身单衫裤，弯脚躺着。

武少峰又向霍桑道："我来抬他的两只腿，请你去扛着他的头，再请包朗先生提起他的腰。我们三人，先把这恶魔的死尸，移到地上，再让我揩干他身上的血，拉一条单被裹将起来，捐在我的肩上，一同走出去。倘能不遇见党人，那是再好没有。万一遇着，待我随机应变，掉上几个枪花①。只要赚出这里的大门，那就不怕什么了。我们快些动手吧！耽搁的工夫，已经不少，紧防着有人来，那才是'为山九仞，功亏一篑'呢！"

当下霍桑和包朗就依了武少峰的话，各站了地位。

正要动手，包朗忽然又道："霍桑先生，扛头很费气力，你让给我扛，你来提起他的腰吧。"

于是霍桑和包朗互相换了地位，这才动手。扛头的扛头，提腰的提腰，抬腿的抬腿。

正在这个当儿，霍桑忽见武少峰的脸上，露出很难堪的笑容，两只眼睛当中，也射出一派凶光，直落在霍桑和包朗的身上。

---

① 掉枪花：方言，亦作"掉花枪"，比喻施展诡诈手段；耍花招。

霍桑是何等样机警的人，见他这副神情，就知道必有祸变，连忙喝住包朗莫动手，却早听得头顶上面，"哗啦"了一阵响。再抬头看时，只见天花板上，已露出一个大窟窿来。从这窟窿当中，有一件漆黑的东西，正向着他的头，压将下来。

霍桑料到必是什么机关，忙偏着身子，想躲了开去。

霍桑固然是敏捷得很，但那件黑东西，压下来时，也非常地快，不等霍桑让开，早已将他压住，而且连包朗也压在当中，可是身上并没一些痛苦，两手两腿，仍旧能够自由，外面的情形，也能看个明白。

原来这并不是压板，也不是闸木，却是一个大罩子。

这罩子用很粗的铁丝编成，分量很重，平时藏在天花板里，一些也看不出。有一个起落的机关，装在那张床的横头，只须有人按了这机关，天花板能自行移开去，这铁丝罩就落将下来，好似一口大钟，把站在床前的人，罩个正着，任你身子敏捷，也来不及避让。这本罗平自己发明，埋伏在这里，罗平又替它起了一个名字，叫作"金钟罩"，如今却把霍桑和包朗罩住了。

霍桑在这金钟罩里，看见武少峰笑嘻嘻地道："你们快来和我抬起罗平的死尸呀！为何站在那儿，尽管不来呢？咳！可怜你们二人真个无用，又上了我们的当了。如今请你们在这里面，稍等一刻，待我去报告首领，听他如何处治。"他说着就走了。

这里包朗向霍桑道："我们怎么处处上他们的当？如今又被他们捉住，不知可能再逃走么？方才武少峰说去报告首领。罗平既已被我们打死，他们还有第二个首领么？"

霍桑道："你真是呆极了！事到如今，你还把那床上的死尸，真个当作是罗平么？那必定是假的，他们特地设下，引诱我们罢了。"

包朗道："那个死尸，纵然不是罗平，也必是个真人，你看那流出来的鲜血，是不能假造的。"

霍桑道："据我看来，或者也是假造，或者竟是真人，这时却判断不定，等到后来，自能明白。"

他们说时，又忽见床的横头，现出一个小门，走出几个人来。

为首的那人，正是罗平。再除去方才那个武少峰之外，其余的都不认识。

罗平笑向霍桑道："霍桑先生，你又来了么？你既时常要来，为何来了不久，又要逃走呢？但是你这一番来了，我定不放你走了。"

当下罗平吩咐把这金钟罩仍旧起了上去，放在天花板里，又命人将霍桑和包朗都捆了，带到他的办事室去。

于是霍桑和包朗的手上，都被绳子捆紧，由他们押到罗平的办事室里去了。

第十三章　雄　辩

罗平得意扬扬,坐在一张安乐椅上,脸上露出很轻蔑的笑容,将霍桑和包朗周身上下,打量了一回,就吩咐旁边一个党人道:"你去在他们身上,搜查一遍,看有什么物件。"

这党人得命,立刻走到霍桑身旁,先在霍桑的衣袋里,搜出一具电筒,和一串百合锁匙,又在裤袋里,搜着一柄手枪。于是他又搜包朗的身上,却除了一柄手枪之外,并无别样物件。这党人就把搜着的几件东西,都放在罗平身旁的一张桌上,退下来,站在旁边。

罗平斜转头去,把这几件东西,看了一遍,仍旧放在桌上,却把霍桑的一柄手枪,拿在手里,反复审视了好多一会,才抬起头来,向霍桑道:"你这柄无声手枪,委实是德国货,很为精利,你破费了多少两银子,买得来的?和你做伙伴,已有了多少年了?"

霍桑这时本站在室门口,低着头不响,听他问这话,才抬头望了他一眼,还是不作声。

罗平笑嘻嘻地道:"你为何不回答我?你可是不舍得这柄手枪么?老实和你说吧,你这柄无声手枪,我也很为喜欢,如今既已落在我的手里，可不能再还给你了。多谢你一声，我就收下了。我说到这里，想起一句俗话来了，叫作'宝剑赠与烈士，红粉送给佳人'。你把这柄快利的无声手枪送给我，也算是物得其主，将来大有作为呢！倘若留在你的手里，不是我小视你，并不能有什么大用处。纵有用处，也不过吓吓几个小强盗，至于我真个一些不怕呢！你不怕我的电枪，难道我倒怕你的无声手枪不成？"

罗平说到这里，就把这柄手枪，放入他的裤袋里，又向霍桑道："霍桑先生，你几次三番，挖空心思，费尽气力，想害死我的性命，可真是我的莫大的仇人！我既好几次将你捉住，早就该把你活活处死，发泄我胸中的恨气。但是我还爱你是个好汉，不忍加害于你，希望你回心转意，投入我们蓝三星党，大家同心协力，做出一番烈烈轰轰的大事业来。不想你竟不念我的好意，还是想出方法来，定要我的性命。我和你究竟有什么深仇大恨，你值得这样对我呢？如今当你临死的当儿，我倒要问个明白。"

霍桑还未则声，包朗先恨恨地说道："你既要我们的命，我们就得要你的命。"

罗平道："包朗先生，你说这话，可就奇了。想我们蓝三星党成立以来，已有好多年了。在这许多年当中，虽也曾打劫人家多少财物，杀害人家多少性命，可是不曾伤害你们分毫。那些直接受我们害的人，还忍气吞声，奈何不得我们。你们是毫无关系的，反而处处和我们作对，又说我们要你们的命。这句话怎样解释呢？"

霍桑插嘴道："罗平听着，你说你们蓝三星党未曾伤害我们，这句话我是承认的。但是你们的党人，布满在社会上，专门杀人放火，抢劫财物，使得社会上纷扰不宁。那么你们就是社会上的恶魔，无论什么人，都可捉拿你们，杀死你们。因为杀死你们一个人，就是替社会上除去一个恶魔。"

罗平拦住他道："你慢着说下去，我有句话先和你说。我对你是很客气，称呼你'霍桑先生'，你却信口骂人。这个也非道理。"

霍桑道："不然。倘若我无中生有，诬蔑你们，那自然是我的错处。如今既是实有其事，这就本是你们的罪状，何得谓之乱骂你们？你们对于社会上，既然造下这许多罪孽，可怜那班无能为力的人，虽受了你们的害，却苦奈何你们不得，只好忍气吞声，自认晦气。至于我们，既有一些儿本领，自当牺牲性命，替社会上报仇雪恨。罗平，你要晓得，社会是我们立身的所在。社会上有了恶魔，就好似我们身体里染了病菌，怎能不想出方法，铲除个干净呢？"

罗平道："霍桑先生，你和我讲起社会学来了。你既和我讲到社会，我也就和你谈谈。我有一个问题，先得提出来，请你答复。如今的社会，可是光明的社会，还是黑暗的社会？"

霍桑道："如今的社会，因为受着种种事物，正在新旧交替的当儿，不免现出一种浑沌不明的现象来。"

罗平道："这种浑沌不明的社会，对于吾人生活上，有好处还是有坏处呢？"

霍桑道："自然没有好处。因为社会不良，处处能使我们感受痛苦。"

罗平道:"这就是了。社会对于我们,既然是有害无利,我们何苦还去爱它,替它铲除恶魔呢?依我说来,像如今这种社会,简直不必去理睬它,任它堕落到怎么地步。但是你还要牺牲性命,替社会上报什么仇,雪什么恨,真是其愚不可及了!"

霍桑听了他这番话,禁不住冷笑了两声,道:"本来你们做强盗的,只晓得杀人劫财,哪里懂得这种大道理?你既愿意和我谈,我不妨教训你一番。你要明白社会是空虚的,人类是实在的。社会的本身上,本无好坏可言,全在人类的做作。倘若人类各守本分,各尽天职,这社会自然是很良善的;反转来说,社会上就有了许多罪恶。但是这许多罪恶,并非是社会本身上发生出来,却都是人类造作下来的。譬如现在社会上没有你们这班强盗,怎会有杀害人命、抢劫财物的案件?因为有了你们,这社会上就有了一派恐慌的现象。这种道理,是浅显易见,可怜你已失了清醒的良知,所以不能明白。"

罗平道:"你且慢说我不能明白,我还得责备你太糊涂。我们蓝三星党虽是杀人放火,无所不为,分明是个强盗,但是我们做这些事,当中也有个区别。我用八个字来表明,就是'劫富济贫,抑强扶弱'。我不说别的,就拿张才森这件事来说吧。张才森是个富翁,总计他的家产,至少也有一百多万。他怎能有这偌大的家产呢?都是重利盘剥、刻扣而来。他的熟人当中,除去拍他马屁、靠他过活的人而外,哪个不骂他,哪个不恨他?像他这种人,才真个算是社会上的恶魔。我抱着一腔义愤,将他杀死,不是替社会上除去个恶魔么?这就是我'劫富'和'抑强'的证据。前年夏天，流行瘟疫，可怜那些贫民，因而死去的，不知多少。当时虽也有几个热心的人，主张开办治疫医院，但苦经费不足，不能十分扩充。我恻隐心动，就捐助五万元。于是乎社会上才有了好几处治疫医院，救活的贫民，至少也得有几百人。这不是我济贫扶弱的一种行动么？像我这种种的行为，虽说是我应尽的义务，算不得什么，但我对于社会上，总可告无愧了。我虽然是个强盗，但是这种强盗，可算是侠义的强盗。那么社会上的人，就当感激我，不该轻视我。你们也不应当把我当作强盗，时时刻刻，想捉拿我啊！霍桑先生，我这番话，可错也不错呢？"

霍桑道："错虽不能算错，但是强盗这个行业，终不能说是正当的。做强盗的人，也不能承认是好人。你既有这副侠心义胆，何必做个强盗，惹得人人唾骂呢？"

罗平道："是呀！这就是这种黑暗的社会，坑得我如此的了。因为我若混在这黑暗的社会当中，必然处处受它牵制。我要实行我的侠心义胆，必有许多不便，倒不如托迹绿林，反得自由自在，为所欲为呢！"

包朗多会不响，此刻忽然说道："照你这样说，你却是个好人，那么你就不应该杀害我们，为何屡次地设计，诱我们来上当呢？"

罗平道："我方才已经说过，我本不想害你们，只因你们时时要想害我，我就不得不设法抵御了。"

罗平又向霍桑道："霍桑先生，我们二人谈了好多一会，各人的心思，自然都可了解了。我有一件事，须得和你约定。从今以后，我们干我们的事，你们休得来过问。倘若你们肯承认时，我立刻放你们出去，再也不难为你们。"

霍桑不响。

包朗抢先说道："我们就答复你，你放我们走吧。"

罗平笑道："你莫性急，没有这般容易，必得霍桑答应，而且还得立誓，免得你们出去以后，又变了心思，再来作弄我们。霍桑先生，你是怎么说？"

霍桑望了罗平一眼，道："我不能答应你。你虽说得那般好，但我还承认你是个强盗，不能眼看着你去害人。"

罗平听了他这话，立刻沉下脸来，放高声音说道："你莫糊涂！我和你这般说，本是特别通融，你还要嘴硬。如今可在我的掌握之中，我要你死，你还想活么？"

霍桑道："你莫拿话来吓我。我若是怕死，早就不来到这里。既已来了，生死已置之度外，听你如何处治吧。"

罗平道："很好，你且看我的厉害呢！"又向他的党人道："你们且把这两个恶贼，锁在后面马房里，待我想个极毒的主意，送掉他们的性命。"又道："这两个恶贼，惯会逃走，你们必须好生看守。"

当下就走过来四个党人，把霍桑和包朗押到后面马房里，随即把马房门关锁上。

马房里面的墙上，挂着一盏无罩的油灯，霍桑借着这灯的微光，看出这间马房，不甚宽大，空空洞洞，一无所有。地上堆着许多稻草，都已被马尿浸湿，发出一阵阵的臭气，真个难当。

霍桑和包朗只好忍受着，就坐在这稻草上面，闭着嘴儿，各不出声。

包朗只是不住地叹气。

这样过了好久，包朗深深地叹了一口长气，道："罗平这厮，真个会想主意。我们也好似发了昏，竟辨不出真假，服服帖帖，上了他们的当，被他们捉住。我刚才听罗平的话头，定然又想出什么毒主意来，把我们弄死了。霍桑先生，你可有什么主意，预备逃走呀？"

霍桑不响。

包朗又问了一遍，霍桑方始低低地回道："我哪有什么主意？只好听罗平的处治罢了。"

包朗道："那么我们真个是束手待毙了？霍桑先生，不是我来怪你，方才难得罗平有放走我们的意思，我们不妨含糊答应他。他若定要我们立誓，我们也可胡乱立个誓。赚出他的大门，就是我们的世界，尽可再想方法，捉拿他们。你却定要'说一是一，说二是二'，不肯扯个谎，就只好坐着等死吧。"

霍桑道："大丈夫做事，应当磊落光明，生死倒是小事，却不能在强盗面前扯谎，被他们笑骂。"

包朗又叹了一口气，道："免掉了笑骂，却送掉了性命，真是太不值得！你口口声声，都说是磊落光明，我怕我们的性命，就得送在这'磊落光明'四个字上。"

霍桑让他说，不去理睬。

包朗尽管叽咕不休，霍桑有些不耐烦，道："事到如今，何苦多说这些空话？我看你本是个英俊的少年，怎么这样禁受不起患难？一遇患难，就这般烦恼呢？我劝你安心坐着吧。我何尝不想逃命？且让我慢慢地计较呀！"

霍桑说了这番话，包朗方才不响，呆呆地坐着。于是这间卑湿的马房里，静悄悄地全无一些声息。

过了好多一会，马房门忽然开了，走进一个党人来。

霍桑还是很镇定的，装作不曾看见，但是包朗着实吃了一惊，以为定是罗平已经想出毒主意，派人来捉他们出去，送上死路的，不由得胸口别别地乱跳起来，心想："这一次是死定了，再没有逃走的希望了。"

包朗虽是这般想，可是那个党人，并不前来捉他们。他走进马房之后，随即把马房门关上，也不则声，尽管在马房里踱来踱去，有时望着霍桑和包朗，冷笑两声。

霍桑和包朗都低着头，不去理睬他。

这样过了半晌，那个党人忽然站在霍桑面前，喊道："你就是霍桑么？你就是大名鼎鼎、绰号叫作'东方福尔摩斯'的霍桑么？"

霍桑这才抬起头来，望了他一眼，道："正是。你问我做什么？"

那党人道："你既然正是霍桑，我可不能不笑你呆了。"

霍桑听他这话，说得奇突，不由得问道："你这是怎么说？你何能晓得我呆？"

那党人笑道："你如果不是呆子，怎么给人家一骗，就跑到这里来？"

霍桑道："我是来捉罗平的。"

那党人道："你真呆了，你真呆了！你要捉罗平，也不能跑到这里来捉他！这是什么地方？几乎十步以内，都有埋伏。我们党里的人，偶不留心，还得踏中，何况你们外人呢？自然是有命进来，无命出去了。"

霍桑道："我听你这般说法，这里所有的埋伏，你定然都能晓得。横竖我们已死定的人了，你可能讲给我们听听？"

那党人笑道："首领派我来看守你们的，不是叫我讲埋伏给你们听的，我不能讲给你们听。而且这里的埋伏，总有二三十道，一时也无从讲起。"

包朗道："多了，自然难讲。我且问你一道埋伏吧。"

那党人道："你要问哪一道呢？我在这个马房里，也怪闷气的，就和你们谈谈，解解闷吧。"

包朗道："我要问的，就是罗平卧房里的床上，躺着的那个人，究竟是真人，还是假人？"

那党人"扑哧"一声笑出来，道："哪里有什么真人？自然是假人呀！如果是真人，不是早给你们一枪打死了么？"

包朗道："那个既然是假人，怎么我们一枪打在他的身上，会流出鲜血来呢？"

那党人又笑道："你又来说呆话了。人既能假造，血就不能假造？且待我来讲给你们听吧。原来那个假人，是个蜡人，躺在床上，盖上被头，自然看不出破绽来。那蜡人身体以内，本是空的，我们却弄了许多鸡鸭血，装在里面。你们一枪打破了它的躯壳，里面的血，自然流了出来。局外人看上去，就好似真的一般，无怪你们会得上当。"

包朗道："原来如此！经你说破了，不觉什么稀罕了。还有一件事，我也得问你个明白。把我们罩住的那个铁丝罩儿，又是怎么一回事呢？"

那党人道："那也没有什么稀奇。"于是那党人又把那"金钟罩"怎样编成、怎样运用，都说了个详细。

霍桑和包朗这才恍然大悟，嘴里虽不说什么，心里却十分佩服罗平，真是个聪明绝顶的人物，能够想出这许多计策来。

这时那党人又说道："我们首领的心思，真是灵活极了！人家想不出的主意，他都能想出来。方才我所说的这两道埋伏，在你们的意思，必然以为非常巧妙，其实比这些更巧妙的，还不知有多少。可惜你们已被我们首领捉住，不久就得死了，不能够一一见识。"

霍桑道："我们虽不能够一一见识，但你何妨讲些给我们听呢？横竖我们已死定的人了，想来决不会破坏你们的事。"

那党人道："我方才已经说过，那许多道的埋伏，叫我从哪一道说起呢？"

霍桑还想问他，只见马房门又大开了，一窝蜂走进几个党人来，向霍桑和包朗喝道："你们两个死鬼，快些随我们走！待我们送你们到死路上去。"

他们说这话时，已把霍桑和包朗推出马房门，一路拥着，走过一个小园，穿过一道小门，就到了一条阔弄。

弄里停着一部黑色汽车。那些党人就把霍桑和包朗推到车上，他们也上了车。这部车子，就立刻开出阔弄，向南去了。

要知霍桑和包朗被他们送到哪里去，究竟是死是活，须待下回书中，方有交代。

第十四章 大 火

罗平既经吩咐手下人预备汽车，把霍桑和包朗送出去之后，就坐在椅子上，很得意地笑了一阵，这才放出很愉快的声音说道："霍桑和包朗呀，看你们这次可还能逃走么？必然死在我的手里了！"

冲天炮在旁插嘴道："首领，你且慢得意！我有一句不中听的话，你听了，休得生气。像霍桑这种人，专门和我们蓝三星党作对。近来为了张才森的案子，我们蓝三星党，真被霍桑闹得人马不安。幸亏首领的本领大，能够把他捉住，依着我说，自然就一刀两段，结果了他的性命就完了。偏是首领要和他讲客气、讲交情，不肯痛痛快快，将他杀死，以至于被他逃走，再想出方法来，和我们闹个不了。这不都是首领自寻事做么？如今这一次他竟敢身带无声手枪，跑到这里来，想要首领的性命。若非首领防范得严密，说不定就遭了他的毒手。那么他既来要首领的命，首领为何不要他的性命呢？而况投在警察署，冒称'王得胜'的李四，已被他们捉住。据我想来，他们警察署里，必不能像首领这般仁厚，恐怕这时李四已变成无头鬼了。首领若再不把霍桑杀死，替李四报仇，李四死了，必得大喊冤枉呢！"

罗平听他唠唠叨叨，说了这一大篇，止不住笑出来道："冲天炮，你且莫性急。我的主意，你哪能晓得？你所晓得的，不过是表面上的情形罢了。"

冲天炮不等罗平再说下去，就截着说道："首领这话，就又说错了。想我投在蓝三星党里，也曾出生入死，尽力不少事务，自问对于蓝三星党，良心无愧了，怎么首领还把我当作外人？有了主意，不肯告诉我，叫我闷在葫芦里面呢？"说着，气呼呼的似乎很动怒。

罗平道："你且莫动怒！非是我不把你当作心腹人，也非我不肯告诉你。只因你性情暴躁，心直口快，我倘给你晓得，很怕你不留心，说了出来，那不是坏了我的大事么？所以我每次想出主意，都不敢告诉你。这个你并不能怪我，只能怪你自己的不是。"

冲天炮道："以前的事，也不必去说了。但是如今霍桑和包朗，你预备怎样处治呢？"

罗平道："自然送掉他们的性命，还留着他们做什么来？"

冲天炮鼻孔里哼了一声道："与其白费了许多心血和力量，等到今日，才肯杀死他们，何如我们第一次捉住他们的时候，就杀死他们，岂不省了后来许多事？"

罗平道："你不晓得我的主意，自然说出这番话来了。我最初的意思，想霍桑足智多谋，真是一位能人，倘能将他收入我们蓝三星党，必有非常的利益。所以第一次我在桃源路捉住霍桑的时候，很费了些口舌，劝他入党，他竟然答应了我。那时我这一欢喜，真是非同小可，正想和他多谈谈，不想快腿张三从万福桥跑来,说警察署里的侦探甄范同,率领多数警察,前往搜拿。当时我只好亲自到万福桥去,设法抵御着甄范同们,哪晓得霍桑等我走后,他就用酒灌醉野草包,救出包朗,一同逃走,害得野草包就死在我的刀下。如果野草包死而有知,也得向霍桑索命呢!

"我自从那一次失败之后,晓得霍桑决不能归附我们,我也就不再想收降他。但像他那种能人,如果将他杀了,委实有些可惜。这也是惺惺相惜之意,并非我心肠柔软。所以后来我几次三番,把霍桑捉住,都不忍杀死他,原想他也佩服我的才能,不再和我作对,那么他虽未投入我们蓝三星党,但是蓝三星党再也不致受他的害。这原是一劳永逸之计,好比诸葛亮七擒孟获,原想收服他的心。不料霍桑立志很坚,定想和我们作对,大有两雄不并立之势。事实上既经如此,我也只好先下手为强,就派了我们的党人,冒称'武少峰',去诈降霍桑,把霍桑诱到这里,很轻巧地将他捉住。我必得让他未死之前,很受些痛苦,叫他晓得我罗平的厉害,懊悔当初不曾降了我们,倒可以安安稳稳,多活几年呢!"

冲天炮道:"听首领这般说,这一次捉住霍桑,还有他的伙伴包朗,首领定然将他们置之死地了?"

罗平道:"正是。"

冲天炮道:"此刻首领派人送他们出去,可是杀死他们么?"

罗平道:"杀死他们,倒叫他们死得太爽快了。我方才不是说要叫他们多吃些苦头么?"

冲天炮道:"那么首领将怎样弄死他们呢?"

罗平道:"我自有我的妙计。停一会儿,你就可明白了。"

冲天炮发急道："首领的妙计，又不肯告诉我么？"

罗平笑道："你越是性急，我越不告诉你。"

冲天炮道："向来首领很能体恤手下人，怎么偏不肯体恤我，常常叫我受这闷气？"

罗平道："你为什么这样性急呢？你且耐着性子，包管不多一会，你既可听见火钟楼上，报火警的钟声大响，你还可看见西南角上，火光冲天，那就是霍桑和包朗断命的时候和地方了。"

冲天炮道："首领可是用火烧死他们么？这个计策，委实很好。霍桑和包朗慢慢地被火烧死，苦头足够他们吃了。但是救火车到了那里，莫再被救火人把他们救出来，那就是白费心机了。"

罗平道："我已有了精确的预算。大约救火车到了那里，他们的身体，久已变为焦炭咧！"

冲天炮道："这样很好！他们这样死法，我很觉得快活呢！可是我不耐烦坐在这里，等那钟声响，火光出。我且去喝一杯酒，解解闷儿。"

罗平道："很好，你就去吧。"

冲天炮当即走了出去。

这里罗平又道："冲天炮真是一个爽快人，只可惜性情暴躁些，好似《水浒传》上的黑旋风李逵。我虽是十分爱他，但遇有机密的大事，我可不敢告诉他，深怕他泄露风声。"

草上飞道："首领所说，真是不错。像冲天炮这种人，只能叫他拿刀杀人，却不能叫他参与机密。"

罗平道："如今霍桑和包朗，都已命在须臾，万难再逃走出去。他们死了之后,我们蓝三星党,哪里还有对手?纵然有几个稍有能为的人,但看了霍桑的结果,自然也不敢和我们作对。我们蓝三星党真个可以一无顾忌,任着性子做事了!"

草上飞道:"正是。这都是首领的能为,才能使得蓝三星党有这般大的势力。我有一件事,要请问首领。甄范同和那几个警察,首领想怎样处治他们呢?"

罗平道:"我本想把他们杀死,但他们都是些脓包,杀了也无意味,我就想着一个废物利用的方法。"

草上飞道:"但不知首领怎样利用他们,可能预先告诉我么?"

罗平笑道:"你也不是冲天炮,自然可以告诉你。我想李四被警察署里捉住,不知可曾杀死不成。如果已经杀了,那就不必说,我们也只好费些气力,把甄范同和那几个警察,一刀一个,结果了性命,算是替李四报仇。万一李四还禁在监牢里,我就可利用甄范同这一班人,去掉回李四。横竖甄范同本是个'真饭桶',他活在世界上,和我们蓝三星党一些也没害处。那几个警察,更是不成问题,乐得利用他们,掉回我们有用的李四。"

草上飞连连拍手道:"好计策,好计策!但是我们既不便到警察署去,警察署的人,也不敢到这里来,怎样掉换呢?"

罗平道:"走马换将,并不是什么难事,且先把李四的生死,打探明白,再作计较。"

草上飞道:"首领已经派人去打探了么?"

罗平道:"还不曾派去。我想你胆大心细,办事很能干,就请你去走一遭。你以为何如?"

草上飞道："首领吩咐，怎敢不依？而况这也是件容易事，就派我去便了，但如今就去么？"

罗平道："且慢，等到晚上再说吧。"

他们正谈到这里，忽听得外边马路上，来了一阵很响的钟声，接着玻璃窗格，也震得格格乱响，好似地震一般。

罗平微微一笑，道："你听这不是救火车上的钟声么？"

草上飞道："正是。"

罗平道："定是那里已经起火了！我们到屋顶上去，看个究竟。"

说时，他就和草上飞一同走上屋顶，见冲天炮已经站在那里，瞪着一双大眼睛，朝西南角上看，见罗平走了上来，就喊道："首领，西南角上，已经起火了。你看一股股的黑烟，直往上冒，火势很为不小。"

罗平一面朝西南角上细看，一面嘴里说道："我以为你已喝醉了，不想你却先跑到这里。"

冲天炮道："往日里我不喝酒便罢，如果喝起酒来，必须喝醉了，才肯住手。今天因为心里有事，定想听见了火钟的声音，看见了失火的红光，试试首领和我说的话，是真是假，所以我喝了一二十杯酒，就不再喝了，坐着呆等。正等得有些不耐烦，果然听得救火车上的钟声，我就一口气，跑到这里，果见西南角上，黑烟冲天，分明是失火。我这才相信首领说的话，一些不错，并非骗我。首领，你看那起火的地方，照方向看起来，好像是同州路。我记得同州路那里，都是些堆货的大栈房，难道首领把那两个王八羔子，送到那里的大栈房里，放火烧死他们么？"

罗平不响,只点点头。

冲天炮忽然大声喊道:"那可糟了!这才害人不浅呢!"

罗平和草上飞不曾提防,倒被他吓了一跳。

罗平问他道:"什么糟了,什么害人不浅,值得你这般大惊小怪?"

冲天炮道:"首领要烧死他们两人,地方也很多,为何定要送到那里去烧,遗害别人家呢?"

罗平道:"你懂得什么?我一些也不遗害人家,而且还替社会上的人,出一口恶气呢!"

冲天炮道:"这话可就奇了。首领,你想栈房里面,都是堆满着货物,什么纸呀,布呀,还有棉花呀,堆得实实足足,万一起了火,搬既不能搬,救火的人,也很难救熄,只好望着它烧,烧了一家,又是一家,说不定烧上十几家。就如去年北苏州路那一场大火,不是损失一千多万元么?首领为了烧死这两个恶贼,倘若害得那些栈房,也受了这般大损失,首领怎样过意得去呢?"

罗平笑道:"瞧不出你竟有这等好心肠。但是我虽做贼盗,也有侠义的心肠,怎肯去害那些无辜的栈房?我所以把霍桑和包朗送到那里去烧,当中也有个大道理,因为可以一举两得,顺便做上一件大快人心的事。"

冲天炮道:"怪我糊涂,又不懂你这话了。烧死霍桑和包朗,自然是我们快心的事,但烧掉别人家的货栈,人家哭还来不及,还有什么快心呢?"

罗平不答,只管望着西南角上,但见火势越烧越大。此刻幸亏是日间，如果在夜里，定然是火光红了半边天，如同晚上烧霞一般。

罗平看了这种情形，心中好不得意，笑嘻嘻地说道："霍桑和包朗，大约早被烧死了，他们的灵魂，已不知飘荡到哪里去了。还有那班奸商，也必急得灵魂出窍呢！"

冲天炮见罗平只管自言自语，不回答他的话，很觉按捺不住，就又问道："好首领，你莫再给闷气我受了。你方才说'一举两得'，烧死霍桑和包朗，这是'一得'。还有'一得'是什么呢？"

罗平道："你真性急，一刻也不能等么？我就说给你听吧，免得你噜苏不清。你说那些栈房里面，堆满着纸布和棉花，其实一些也没有。里面所堆的，都是雪白的食米。就是那班没良心的奸商，因为外国米价大，特地囤积在这些栈房里，预备一批批地运出洋，赚着大利钱，回来自家享福。可是这食米被他们囤积起来，米价自然飞涨。你看前两个月，一担米不过八块钱左右，如今已涨到十三四元了。有钱的人家，还不受多大的影响，可是苦了那班穷人，差不多辛苦一天，挣得的几个钱，还不敷一饱呢！这不是很惨酷的现状么？

"在理，官厅里面，早就应该严禁囤积居奇，救救穷人的性命。但是他们贪图得那奸商的贿赂，也就装聋作哑，不声不响。可是再照这样下去，米价一天贵似一天，穷人真个要饿死了。我不忍坐视，早就想定个计策，处治那班奸商。他们以为囤积居奇可以发财，我就叫他们在这囤积上面，大大地受些损失。恰巧这时我把霍桑和包朗捉住，我想将计就计，就把他们送到一家栈房里，放起一把火来，活活地烧死他们，并可烧去那家栈房，叫那堆米的奸商，受些损失。倘能多烧去几家，那就更好了。你想如今社会上的人，都晓得米价日高，是有人囤积着，想贩运出洋，只因奈何他们不得，仅可嘴里骂骂他们。如今见栈房烧去，雪白的米，都变成焦黄，他们必以为是天理昭彰，眼前的报应，还有不拍手称快的道理么？"

罗平说到这里，冲天炮不住地拍手，张开大嘴，笑了一阵，道："首领，亏你想得出。这真是大快人心的事呢！我虽未曾受那米贵的影响，但我听了首领这一番话，也觉得心里很痛快呢！"

罗平又望着西南角上，道："你们看那火势，有增无减，大约不容易救熄。我预料这一次大火，至少能够烧去五六家栈房。那班黑心的奸商，也就得受一次非常的损失，下次不敢再做这种害人的生意。"

冲天炮道："这样说来，首领去放一把大火，烧掉几家货栈，非但不曾遗害人家，而且简直是造福社会、加惠穷人呢！这种行为，是很使我敬佩的。"

罗平笑了一笑。

这时屋顶上面，又走上两个人来，见了罗平，都恭恭敬敬，行了个礼。

罗平问他们道："你们已回来了么？办的事情，怎么样了？"

一个人回答道："我们奉了首领的命令，就把霍桑和包朗，送到同州路。那里本很冷僻，恰巧没有一个人。我们就用首领给我们的锁匙，开了那家第十三号的货栈门，把那二人抬到货栈的楼上,又把几箱火油,浇在地板上点上了火,我们就立刻跑出,仍旧把锁锁上,把坐去的汽车开到附近的空地上。不多一会,就只见那家货栈的屋顶上,冒出火来。恰巧今天风势很大,所以火势烧得十分厉害。等到救火车来的时候,那第十三号货栈,早已烧完,已经烧到左右的货栈。我们见大事已成,这才开车回来,报与首领知道。当我们回来的时候,火非但未熄,而且烧得很得势呢!"

罗平点点头,挥手叫他们下去,又道:"我们也好下去了。且看明天的报纸上,就可晓得烧去几家货栈,和损失的数目了。"

当下他们三人,就走下屋顶,到了房里。

罗平又向冲天炮道:"你方才说因为心里有事,只喝了一二十杯酒。如今事情已完了,你可去再喝上几杯吧。"

冲天炮道:"正是。而且霍桑和包朗都已烧死,我们蓝三星党去了这个敌手,我也得喝几杯酒,庆贺胜利呀!"

罗平道:"那么你就快去喝吧。"

冲天炮扯开一张嘴,笑嘻嘻地走了出去。

罗平又向草上飞道:"我们自从害死张才森、冒签他的支票、赚到三十万元的大款子之后,可恨那霍桑就时时刻刻,想捉拿我们。我们自得用全副的精神,对付着他,简直没有闲工夫,再做别样的活动。如今霍桑和包朗都烧死了,甄范同也被我们监守着,警察署方面,必然不能再有什么举动。我们可算得是一无顾忌,前途十分乐观,说不得再想出主意,扩充我们的势力,增加我们的进款了。"

草上飞道："这个自然。首领不谈到这里，我也得报告首领了。因为我昨天在无意中，得着一个很好的消息，说是有个姓'吴'名叫'芜谷'的，他本是个政客，前清时代，做过哪一省的道台①，光复以后，也做过几任县知事②，还署过道尹③；如今在北京城，却没有差使，单靠着拍那些阔人的马屁，过他的日子，只因他的为人，很为精明强干，所以很得那班阔人的欢心；这一次不知奉了哪个阔人的命令，带了二百万元的公债④票，特地到上海来，预备和一家银行里做押款。

"这吴芜谷前天才到上海，住在第一马路的东方旅馆一百零九号房间。这二百万元的公债票，却装在一只法国式的大皮箱里，就放在他的房间里。我想这倒是我们的一个好机会。公债票虽不值钱，但二百万元的公债票，照六折计算，也值一百二十万元，数目也很大了。我们不妨想个主意，把他那只皮箱偷来，这公债票就全数到了我们手中，也可作为蓝三星党的一笔大进款。"

罗平很留心地听他说，听他说到这里，就问道："这个消息，你是从哪里得来的？可靠得住么？"

草上飞道："说来这事很为凑巧。因为我有一个侄子，在那东

---

① 道台：古代官职名，也叫道员。
② 民国初年，称一县的长官为"县知事"。
③ 道尹：官名，民国三年置，为一道之行政长官，管理所辖各县的行政事务。
④ 中央政府为了应付短时期的财政调度困难，或是某一特定政策，而国家财政收支不足支应时，发行债券向国民借款，称为"公债"。

方旅馆里面，充当茶房①。昨天我闲着没事，就去看看他，他就把这件事，告诉了我。当时我也曾问他怎能晓得，而且晓得这样详细。他说那吴芜谷，带来一个底下人，是他亲口说出来的，大约很为可靠。"

罗平道："话虽这般说，但我们没亲眼看见那二百万元的公债票，总不能十分相信。而且现在那一班政客，更是善掉枪花，难保不是那姓吴的授意他的底下人，叫他底下人这般说法，显得他是个阔人，叫人好去恭维他。如今世界上，谁不喜欢吹牛呢？我们不可轻信人家的话，去上人家的当。"

草上飞道："首领这般仔细，固然是不错。不过据我想起来，那姓吴的底下人说的话，未必是假的。因为我侄子是个茶房，对于客人，应当恭维的。他何必向茶房吹牛，引得茶房去恭维他呢？首领以为我这个意思，可错是不错？"

罗平道："你的话，未尝无理由，但是做事情，郑重点好。你不妨到东方旅馆去一遭，叫你的侄子，留心着那姓吴的举动，和来往的客人。如果这来往的客人当中，果有当地的阔人，和银行界中的人物，那么这件事就可信以为真了。但不知你的侄子，对于这一班人物，可认识不认识？"

草上飞道："我侄子从小就在上海做生意，先前本做当差的，服伺过一位上海的大富翁，和这一班人物，常有来往，我想他定

---

① 茶房：旧时在茶馆、旅馆、车船、剧场等公共场所供应茶水及做杂务的工人。

然是认识的。"

罗平道："那就好极了！停一会儿，你就可到东方旅馆去走一遭。"

草上飞答应声"是"。

他们正谈得起劲，忽见从外面冲进一个人来，散乱着头发，紧紧地贴在额角上，分明是跑了远路、汗出如浆的模样。

罗平定睛一看，不是别人，正是快腿张三，见了罗平，就喘着说道："首领，大事不好了！"

罗平和草上飞都吃了一惊，罗平连忙问道："什么事不好？"

张三道："我在平凉路王头目那里，方才忽有许多警察，直冲进来。据王头目说，还有霍桑和包朗也在当中，大约那些警察，正是他们带来的。所以我立刻跑来，报告首领，速定办法才好。"

罗平听了这话，从椅子上直跳起来道："霍桑和包朗也在当中么？他们已死在同州路大火之中，怎能又带领警察，前往平凉路呢？这不是件非常的奇事么？"

草上飞听了这话，更是惊得目瞪口呆，一声也不出。

要知霍桑和包朗怎能从火里逃出，怎样带着警察，前往平凉路，且听下回分解。

第十五章　穷搜党窟

警察长独坐在办公室里，心中闷闷不乐，想："甄范同和那几个警察，自被党人捉住后，一些消息也没有，不知死活怎样。那几个警察，原无足轻重，纵然被党人杀死，也算不得一件事。唯有甄范同简直是我的左右手，一刻也不能离，万一竟死在党人手里，那便如何是好？"想到这里，身上急得冒火。

又想："霍桑虽曾说过，倘有什么挽救的方法，就立刻来告诉我。可是他虽这般说法，直到此刻，也未见他来。方才我打电话给他，他还说是没有方法。我原晓得他和甄范同，意见很不相合，未必肯出力救他。不过霍桑对于这案，也很热心，似乎不致畏难而退，半途中止。且待我再打个电话给他，看他如何回答。"想罢，就站起身来，走到电话机前，摇了铃，拿了听筒，放在耳边，问道："你们可是霍公馆？"

那边应道："正是。你们是哪里？"

警察长道："我们是警察公署。我问你，霍桑先生可在家么？"

那边回答道："霍桑先生已经出去了。"

警察长道："他什么时候出去的？"

那边道："他出去已好久了。"

警察长道："他是一个人出去的呢，还是和旁人一同出去的？"

那边道："他是和包朗先生，还有一个客人，一同出去的。"

警察长道："他曾说起什么时候回来？"

那边道："他未曾提起。"

警察长道："等他回来时，就说警察长有要紧的事，和他商量，请他立刻到警察署来一趟。"

那边答应："晓得。"

警察长就放下听筒，摇了回铃，仍旧坐在椅子上，暗想道："霍桑已出去了，是和包朗还有一个客人，一同出去的。这客人是谁？他们往哪里去了？为着别样事，还是正为的这件事呢？若说是为的这事，他们必定已有了办法。但为何不先告诉我一声呢？哦，霍桑的脾气，向来好奇。他必然已想着进行的方法，有意不预先给我晓得，暗地里去做了，等到做成功，把甄范同和那几个警察，都救了出来，亲自送到这里，使我见了事出意外、喜出望外。我猜霍桑，必是这个意思，万一不是，那就是他的好胜心了，恐怕把他的方法，告诉了我，我自然就和他一同去做。将来事成之后，我自也有些功劳，但他的功劳，就得减少些了。他所以不告诉我，独自去做，以后可独得全功。其实这是他的器量小，把我看轻了。我怎会和他争功呢？我姑且耐着性子，等他的消息吧。"

警察长这么一想，以为霍桑已代他的劳，去救甄范同和那几个警察了。他就一些也不发急，到了晚上，依旧出去应酬，打打麻雀，吃吃花酒，好似他已派了霍桑，前去搭救甄范同和那几个警察，霍桑也已答应，并且立下保单，包管救回他们的一般，直到夜间两点多钟，方才回到他的小公馆，又和姨太太打趣了一回，这才上床安寝，鸳枕锦衾，睡得十分酣鬯。

不知不觉，已到了明天。睡梦中，忽听得火钟大响，知道外面有了火警，但是烧别人家的房屋，关他什么事？他仍是恋着温暖的被池，偎着姨太太，不肯起身。

怎奈那无情的电话，却接连着从警察署里打了来，说是同州路大火，货栈已烧去了好几家，火势仍很猛烈；那里地方上的秩序，已是乱得一团糟，必须请警察长赶快到署，好派通班警察，前往维持。

警察长被催得无奈，只好忍心抛下姨太太，起身下床，慢慢地洗过脸，照例吃过点心，这才坐上汽车，到了警察署，派了二十名警察，前往同州路，维持秩序。

但他好梦未做醒，一肚皮的没好气，坐在办公室，骂手下人太无用，说："外面失火，是很寻常的事，算得什么稀罕？至多派去几个警察便了。纵然不派，也不要紧，左右那里有警察分局，也值得接连打电话，把我喊醒，催了我来？"

他手下人见他盛怒之下，谁还敢作声？只好听随他骂，装作不听见罢了。

警察长骂了一回，自觉骂得很吃力，这才住嘴，但仍是气愤愤地坐着。

这样过了一会，忽见他的办公室的门开了，冲进两个衣服破裂的人来。警察长猛可里①见了，倒吓了一跳，连忙定睛看时，见这两人，不是别个，正是他很记念的霍桑和包朗，就连忙站起来招呼，又请他们坐下，道："你们从哪道而来？为何这等模样？昨天下午，我打电话给你们，据说你们已和一个客人一同出去，但不知到哪里去的，可是去救甄范同和那几个警察的么？"

霍桑摇头道："不是，我们是去捉拿罗平的。"

警察长道："倘能捉住罗平，也可晓得甄范同等的死活存亡。你可曾将罗平捉住么？"

霍桑道："我恨不曾将他捉住，而且几乎送掉我们的性命！"

警察长道："难道你们又上了他们的暗算不成？"

霍桑道："正是。"

于是霍桑就把武少峰怎样来投降，怎样引他们到万福桥、混进党窟，又怎样枪打假罗平，怎样被铁丝罩罩住，详细地说了一遍，已把个警察长听得呆了，瞪着眼睛，一声不响。

霍桑又接着说道："我们被他们捉住了后，就被关在一间马房里。后来他们又用汽车把我们送到一座空货栈的楼上。只因我们坐在车上，眼睛都被他们用布遮着，所以走的是哪几条路，那座空货栈又在什么地方，我们都不晓得。直等到他们送我们进了货栈，上了楼，才解去我们眼睛上的布。我们这才晓得已到了一座空的货栈里。

---

① 猛可里：突然；忽然间。

"那时我们的手脚,都被捆着,眼睛虽能看见,手脚却不得动,只见押送我们来的几个党人,就把几箱火油,倒在地上。我见了,料到他们要用火烧死我们,心下很为发急。但是已到了这个地位,急也无益,就眼看着他们用火种点上了火,当即飞奔出去。你想火油遇着了火,自然立刻烧将起来。我们虽想挣扎逃去,怎奈手脚都被捆得结实,委实没有逃走的方法。

"但是火已越烧越大,渐渐要蔓延到全栈了。幸亏我情急智生,蓦地看见那边墙壁上,钉着一个扁头的大铁钉,伸出墙壁外,有五六寸长。扁头的所在,虽不十分锋快,但也比得上一柄钝刀。我见了,就拿这扁头的大铁钉,当作我们的救星。当下我挣扎站起来,一步一挪,走到那铁钉的前面。恰巧钉的高低,和我两只手被捆的地方,相去不远。我的两只手,本反捆在背后,因就掉转身来,使那捆手的绳子,恰恰碰着那钉的扁头上,再用尽气力,一上一下,好似扯锯子一般。不消几分钟,我用力将两手一张,那绳子居然断了。

"我这一欢喜,自是非同小可,又连忙解去脚上的绳子,又替我朋友松了捆。这时我们的手脚,虽已能自由,但想就此逃走,还是不能。因为我们是在楼上,扶梯口早已着了火。那很大的火焰,直往下突,若从楼下朝上望,必如一只狮子,张开血盆大口,伸出鲜红的大舌头,寻人吃似的。所以我们想从扶梯下楼,是万万不能。除去扶梯,我们又哪有别个出路?

"再看火势,已烧得十分厉害,眼看着那楼板的大部分,都已烧焦,将近要坍下去了。我们在这间不容发的时候,我就拉开一扇窗,见窗的外面,竖着几根铁条,再望出去,正是一条狭弄,却有一根电灯杆,正在窗外。我就和我的朋友,竭力拉断那几根铁条,先让我的朋友,从窗口爬出来,攀着那根电灯杆,慢慢地落到地上。我也跟着他下来。说也危险,我的脚方始着地,就听得货栈里面,哗啦啦一阵奇响,大约是楼板已坍下来了。

"接着我们就看见货栈的屋顶上,已冒出火来,近处的警钟,已当当地乱响。我们既已出险,不必再站在那里,等救火车来救火。当下我们就抄出狭弄,上了大街,这才明白那里正是同州路。我们就一直跑到这里,走在路上的时候,碰着好几部救火车,都赶往那里去了。我想那里都是些大货栈,这一场火的损失,必然不小。可恨罗平纵要弄死我们,方法也很多,何苦用这火攻的毒计,又得连累别人家呢?"

霍桑说完这一大篇话,就靠在椅背上,眼望着警察长。

警察长连连喘了几口气,道:"险极了,险极了!你们二位,真是死里逃生,化险为夷。可贺可贺!只是你们白辛苦了这一趟,既未打死罗平,也未救出甄范同们。这便如何是好?"

霍桑道:"如今我倒有个主意,所以特地赶来,和你商量,务必请你不必迟疑,赶快依着我行事!"

警察长道:"只要能救出甄范同和那几个警察,无论什么事,都能依你。"

霍桑皱皱眉头道:"你口口声声,只忙着救他们。要晓得救他们还在其次,第一我们应当想出方法,围困罗平,将他捉住,纵然死掉一个甄范同和几个警察,那就不算件事了。"

警察长听了这话，心里虽不愿意，却也不便露在脸上，只好问道："你有什么方法？我都依着你办便了。"

霍桑道："请你立刻派二十名警察，由你自己督率着，和我们二人一同前往平凉路，破获罗平的党窟。"

警察长不即答应，慢慢地道："何必要我亲自去呢？我派个得力的长警同去便了。"

霍桑笑道："这却不可，必得请你亲走一遭。因为这事很关紧要，你若不去，就不足以昭郑重了。你且不必害怕，我料定这次到了平凉路，必无争斗的事。纵然有时，也必很平淡。因为罗平这时必在万福桥，他料定我们已被烧死，警察署一方面，定然也不会派人往那里去，那里必无准备，至多有几个小头目，和几个普通的党员罢了。他们见我们人多，决不敢抵抗，包管是抱头鼠窜而逃，那么怎会有剧烈的争斗呢？你又何必害怕啊？"

警察长还硬撑场面道："并非我害怕，不过我以为这些小事，我犯不上亲自出马。你既定要我前去，我就陪着你去便了。"说着，假装出一股勇气，站起身来，预备走出去发令。

霍桑又道："还有一层。请你吩咐那二十个警察，必须配足子弹，方保无虞。我和我朋友的手枪，昨天已被罗平搜去，如今也得向你各借一柄。"

警察长听了这话，忽然不肯走出去，声音似乎带抖，说道："你方才说此番前去，必无争斗的事，怎么又叫警察配足子弹，你们又向我借手枪呢？这分明是去和人家对垒。"

霍桑又安慰他道："这不过是有备无患。譬如警察夜间查街，未必每天夜里,遇着强盗,开枪轰击,但是身上必得背着一支枪,一来是寒了匪胆,二来也是这有备无患的意思。请你不必多疑,赶快发命令吧!"

警察长嘴里虽不再说什么,但看他的神气,似乎心中非常害怕,拖着两只脚,一步一步,走出去发命令。

霍桑见他这样,甚是好笑,见室内并无别人,因向包朗道:"这位警察长,真是胆小如鼠,哪能对付大事?地方上有了这种脓包的警察长,无怪乎强盗横行无忌、人民寝食难安了!"

包朗不响,只露出很轻鄙的笑容。

这时警察长又走进室来,向霍桑道:"我命令已下,他们已去预备了。"

霍桑道:"难得你办事这等敏捷,我们钦佩得很。我们向你告借的两支手枪,就请你拿给我们。你自己也得带去一支,以备不时之需。"

警察长点头答应,就走到里房,拿出两支手枪,递给霍桑。

霍桑就分了一支给包朗,正待动身,警察长又道:"慢着!我还有一件事,未曾做完。请你们稍等一刻。"

霍桑无奈,只得再坐下,道:"请你快些!迟了,恐生他变。"

警察长不响,慢吞吞地走进里房,推上房门,足足有三十分钟,方始开门出来。

霍桑见他头上戴的帽子,已歪在一边,早就明白他所做的事,故意打趣他道:"此刻你的精神,怎么比方才振作了不少?"

警察长看了他一眼,也不回答。

霍桑道："你还有别样事么？如没有事，我们就动脚吧。"

警察长有气无力地道："去便去吧。"

当下三人就走出办公室，见那二十个警察已站在外面侍候。

一行二十三人，分坐了四部汽车，如飞地直往平凉路而去。不多一会，已经到了那里。

霍桑本是熟路，就叫四部汽车，停在远远的树林里，又派了十六个警察，把那一所高大房屋，团团围住。他和包朗、警察长，还有四个警察，从大门直冲进去。虽遇着几个党人，但他们人少势单，一些也不敢抵抗，都很服帖地被警察捆了。

霍桑见那个王老头儿，也被捆在内，就笑着问他道："王老先生，我们久违了。当初你神气威严地对待我，不想今天竟缩手缩脚，做了我的阶下之囚。"王老头儿低着头不响。

霍桑见屋内已无党人，就下令向各处搜查。

这时警察长见事很顺手、马到成功，果然未交一手、未发一弹，顿时觉得胆就大了，搭起警察长的架子，放出很高朗的声音，向那四个警察道："赶快搜查！如敢故违，当以警法从事！"

霍桑和包朗见他这样，都暗自发笑。

不料当他们冲进大门时，却有一个党人，正在上次霍桑问信的那家烟纸店里，见了这番情形，心知不妙，就放开他的快腿，直向万福桥奔去，预备去报告首领。

你道这党人是谁？正是快腿张三。

要知霍桑怎样搜查这个党窟，可曾搜出什么东西，罗平是否前来对抗，都须在下章书中交代了。

第十六章　密室与保险箱

话说霍桑、包朗和警察长,率领着警察,冲进那一所高大房屋,见人就捉,逢人便捆,一共捉着几个人。

上一次霍桑和包朗来到这里,会见的那个什么王老先生,也被捆在内,霍桑便笑着向他说道:"王老先生,我们久违了!不想我今天再会见你时,你是这般模样。你以前的威风,往哪里去了?那把装着机关的椅子,如今放在哪里?你怎么不再把我按在上面呀?"

王老头儿听了这番含讥带讽的话,止不住心头火起,恶狠狠地望了霍桑一眼,放出很高亢的声音,说道:"我不幸被你捉住,要杀要剐,听凭与你。说这些闲话,做什么呢?你今天突出我们的不意,闯了进来,我们几个人来不及逃,被你们捉住。你虽似乎占了胜利,但我们并非是根本上的失败。你放小心些,恐怕你杀死我们时,也便是你宣告死刑之日。"

霍桑还是笑嘻嘻地道:"你不用嘴强了,安心等死吧。"

王老头儿很慷慨地道:"死是不稀罕的事。世界上的人,哪个没有死的这一天?而且我年纪已大,死更是意中事。俗话说得好,'杀掉头,不过有个锅大的疤',又有'二十年后,又是好汉一条'

的俗话,所以我一些也不怕死,你要杀便杀罢了!"

霍桑又笑道:"你虽是这般巴望死,但我还得留你再活几天呢。"说罢,就吩咐警察道:"你们把这几个人,都关在那边一间房里。抽出两个人来,在那里看守,其余的仍旧随同我们一直搜查进去。"

警察诺诺连声,就把那几个党人押往左边一间房里去了。

这里霍桑又指着包朗,向警察长道:"这个地方,我和他曾经来过一次,据情形看起来,并无什么埋伏的机关,迥非万福桥那里,步步都是陷阱的可比。所以我们搜查进去,不致有什么大危险。不过恐有未及逃出,又未被我们捉住的党人,躲在看不出的地方,暗害我们,我们应当防备些。"

警察长点头道:"是。"

包朗插嘴道:"难道这所高大的房屋里面,就只有这几个党人么?"

霍桑道:"这也难说。但纵有躲着的,经我们搜查之后,也得一个个都搜查出来。而且房里外面,又有警察们把守着,料他们党人也决不能逃走,送信给罗平去。我们尽管放大了胆,慢慢搜查便了。"

这时押着王老头儿等人去的警察,也已回来,向霍桑道:"我们已留下两人,在那里看守了。"

警察长问霍桑道:"我们就搜进去吧。"

霍桑道:"好。"

于是一行人众,就向各间房里搜查,查了半天,也没查出一些重要的东西。但这所房屋,都已走遍了。

霍桑皱起眉头,自言自语道:"我想罗平也常到这里来。这里必有和他们蓝三星党有关的物件,怎么一件也查不出呢?这就奇了。"

警察长道:"照这样看来,若非你们曾经来过,和那老头儿已经承认,我还疑惑走错了门户呢!"

包朗站在旁边,也开口道:"据我想来,这并非是奇事,却是应有的情形。你想他们党人何等机警周密,如有和他们党务有关的东西,岂肯放在外面?必然要藏在地窖或是密室里面。我们既未发现这些所在,自然寻不出重要的东西。我以为如果定要查着时,必须先搜寻这些秘密的所在。"

霍桑听了他这番话,觉得很有道理,暗想:"包朗为人,本很聪明,如今却更精明了。"不由得望了他一眼,微微笑了一笑道:"你的话一些不错,但你可能发觉这些秘密所在么?"

包朗也望了霍桑一眼,但他这一望之中,满含着狐疑和惊诧的神气,又哈哈笑了一阵。

霍桑见他这种情形,委实有些莫明其妙,只管瞪眼望着他,看他究有什么表示。

包朗笑声既止,就发出很清朗的声音道:"从地道中逃出的一件事,你不记得了么?"

霍桑听了这话,已明白他的意思,但并不截断他的话头,让他说下去。他就接着说道:"上次我们被关在地窖里,用尽方法,才得从地道中逃出,难道那个地窖,不是个秘密所在么?他们党人,不能把重要的东西,藏在那里么?"他说的时候,脸上露出得意的颜色。

霍桑见他话已说完,这才"扑哧"一笑道:"原来你所说的,就是那一个地窖呀!那个地窖,我岂有不记得的道理?但我以为当中必空无一物。我们上次在里面时,你也曾看见土地不平,四周凹凸,既无箱柜,也无器具,试问他们若有重要的东西放在那儿,难道埋在地下么?那个地窖,不过是个监禁人的所在罢了。他们纵有地窖或密室,必在别处,且待我们仔细去查。"

包朗被他抢白了一顿,果觉有理,方才的得意,也就立刻消散,低头不响,看霍桑怎样去查。

警察长听霍桑这般说,就道:"各处都查过了,再向哪里去查呢?"

霍桑道:"我自有查的所在。"说时,又向一个警察道:"你去把那个姓王的老头儿,带到这里,我有话问他。"

警察答应着去了。

霍桑也不再说什么,就坐在一张椅子上,从衣袋里掏出一个卷烟盒,取出一支卷烟,划支火柴,燃上吸了。

包朗和警察长也各就椅子坐下,还有一个警察却站在旁边。这时这一间房里,静悄悄的没有一些声音。

不多一会,那个警察就把王老头儿带来。

霍桑拿出很端重的态度,放出很沉着的声音,向王老头儿道:"我有一件事,须得问你,你必须据实说将出来,或可将功抵罪,饶你个不死。"

王老头儿道:"我方才已经说过,我不是怕死的人,你莫拿这话来骗我,我也不想有那回事。但你有什么话问我呢?如果可说时,我不妨告诉你。明人不做暗事,我又何必瞒过你呢?"

霍桑道:"好个明人不做暗事!我就得问你了,你这所房屋里面,可有什么密室和地窖么?"

王老头儿道:"原来你问这件事呀!老实和你说,地窖是有的,而且你和这姓包的,也曾被关禁在里面,你怎么已忘记了?"

霍桑道:"这个地窖,我是记得的,另外可还有么?"

王老头儿愣了一愣,道:"除去那个地窖,就没有第二个了。"

霍桑听他说话发愣,不免生疑,用很锐敏的眼光,直射在王老头儿的脸上,郑重说道:"你方才说'明人不做暗事',怎么此刻又说谎话了?我曾据确实的报告,晓得这里有两个地窖,除去我到过的一个,还有一个呢!"

王老头儿道:"地窖委实只有一个,并无第二个。"

霍桑笑道:"那么必然还有一个密室了。"

王老头儿迟迟地道:"也没有什么密室。"

霍桑道:"你也不必瞒我。你纵然不说,我也搜查得出,还是快些说出来,我们落个私人的交情吧。"

王老头儿不响,霍桑也不催逼,只是望着他。

警察长却有些心急,拿出警察长的威风,喝问道:"你快些讲出来!不然,就得自讨苦吃。"

王老头儿听他这般说就瞪了他一眼,道:"你既如此说法,我就偏偏不说,看你怎样处治我?我虽死不怕,还怕什么吃苦呢?"

霍桑插嘴道:"你们莫用赌气。"又转向王老头儿道:"我们讲私人的交情,你就说出来吧。"

王老头儿道:"大家好好商量,我未尝不肯直说。若是拿威风来吓我,我是一些不怕的。"

警察长见霍桑这样神气,不便再多说,也就一声不响。

霍桑又向王老头儿道:"那么就请你直说吧。"

王老头儿道:"待我来慢慢讲给你听。第二进房屋的左边,有一间耳房,耳房里面,有四扇窗户。在第三扇窗户的镶板上,有一个木塞,把这木塞拔去,就现出一个小圆孔来。若是用小指头伸入这小圆孔里面,用力往下一按,包管就听见扑的一声。回转头来看时,就看见耳旁门的背后,露出一个长方形的窟窿来,这长方形差不多和人一般高。放大胆子,走到里面,经过一道黑暗的甬道,就可达到一间密室。这密室既无窗户,也无天窗,所以是十分黑暗。但是装就了一盏五百支光的电灯,只须用手在那密室门的左边门柜上,轻轻一按,立刻就可光明如昼。密室里面,并无机关,尽管放心走进去。这就到密室里去的种种手续,你倘要进去时,就照这样办便了。"

霍桑听他说完,脸上露出很愉快的笑容,道:"王先生,你说出这间密室,又说得这般详细,我很感激你。"

王老头儿道:"你我虽是仇敌,但我见你是个好汉子,所以才肯把这件事详细告诉与你。"

霍桑道:"你这番厚意,我总记在心里便了。"当下又吩咐那个警察,仍旧把王老头儿,押回那间房里,又向警察长笑说道:

"他们这一班人,虽是失身做了强盗,但心肠里面,还有一些义气。你若和他讲交情,倒有些利用的地方。若是只管恐吓他,威逼他,你虽拿一柄大刀,架在他的脖子里,他宁可立刻就死,也一些不肯受屈的。我做了好几年私家侦探,所遇见的强盗,也有好多人,却大概都是这般脾气。所以我方才和那老头儿,客客气气地讲交情,他居然就说将出来了。我们就依着他的话,去搜查密室吧。"

包朗道:"我有一句话,不能不说。停一会儿我们去拔木塞、撳机关,我劝你切莫亲自动手,恐防当中有诈。"

霍桑笑道:"这个你又是多虑了。我断定当中一些也无欺诈。王老头儿若是不讲交情,尽管不说,我们真能怎样发办他?他既然详详细细地说了出来,就是他肯讲交情,那么这当中又哪有欺诈的道理?"

包朗道:"你既能断定没有欺诈,这是很好的。我不过有见及此,不能不说罢了。"

霍桑道:"这也是你的好意,也是你办事精密的地方。我既感激你,又佩服你。"

这时那个警察已回来了,当下他们几个人就走到第二进房屋的平房里。

霍桑依照王老头儿所说,亲自动手,果然和他所说的,一些不差。一会工夫,他们已到了那个密室,见室中陈设不多,却有一个很大的保险箱。

霍桑很快活地道:"这必是收藏重要东西的所在了,但怎样开这箱门呢？"说时，就蹲在箱前，见箱门上有一串小铜环，每一个环上，有一个英文字母。

霍桑数了数这铜环，恰巧是二十六个，正合上二十六个字母的数目。这二十六个小铜环，个个都是活动的，可以随意转动。箱门上，除了这一串小铜环外，并无锁门。

霍桑一面弄着这一串小铜环，一面自言自语道："箱门上既无锁门，难道是不用锁匙的么？还是有暗锁门呢？"他用足全神，察看这个箱门，看了一会，竟得不着个究竟。

警察长站在旁边，也看得呆了，一声不响。

包朗却说道："据我想来，这个保险箱，必是不用锁的，开关的机关，必就在这一串小铜环上。"

霍桑回转头来，向着他道："我也是这般想，而且知这铜环上的字母，必有密切的关系。"

包朗道："是呀！必是用这铜环上的字母，拼成个什么字时，这箱门就开了；再拼成什么字时，就又关了。所以如今首先应当研究的，就是这两个字了。"

霍桑道："你说的话，正和我的意思相同。你不妨随便假定一个字，我用铜环上的字母拼成，看可能开了？"

包朗道："但是我说哪一个字呢？随便乱说，逐个去试验，也不胜其烦，恐怕试验三天，这箱门还是紧紧关着。我想箱门的开关，说不定和'开关'两个字，有些关系。你且将这铜环上的字母，拼成 Open（'开'字），看这箱门怎样。"

霍桑很赞成他的意思，随即转动小铜环，拼成功个"开"字，但那箱门，仍旧关着，一些不动。

包朗道："这就难了。既不是'开'字，却是什么字呢？可就无从猜起了。"

霍桑尽管蹲在地上，不声不响，似乎推想什么的一般。

警察长道："这是很容易的事，用不着这样苦思苦想呀！"

包朗截住问道："难道你晓得开这箱门的方法么？"

警察长道："方法我不晓得。不过放着那个老头儿，尽管去问他一声，就可晓得了。"

包朗不响，眼望着霍桑，看他听了这话，作何计较。但是霍桑头也不抬，如同没有听见，包朗也就不便去催他。

这样过了一会工夫，霍桑忽然道："得着了！包管一试便开。"说着，就又动手转动小铜环。

包朗仔细看时，见他已拼成 Shut（"关"字），不由得暗暗奇怪道："如今是要开这箱门，怎么反拼成这个'关'字呢？"

但是霍桑把"关"字刚正拼成，就听得"啪"的一声，箱门果然开了。

这箱门里面，装着弹簧，开出来时，很为迅速，力量也很大。霍桑本蹲在箱前，离开箱门，不足一尺光景。这箱门猛然向外开来，正打在霍桑身上，几乎把他打得跌倒。

霍桑连忙支住身子，嘻嘻笑道："居然被我弄开了！我想方才将这字母，拼成'开'字，箱门仍旧不开，说不定要开这箱门，必须反拼成个'关'字。这是制造人的深意，以为出人意外，人就不能猜中，暗中偷开了。"又向警察长道："方才你说去问那老头儿，便可晓得开的方法，我岂想不到这一层？但恐不免为他所笑，要说我们真个无用，既到了这保险箱前，还无方法开这箱门。所以我不肯去问他，决心自想方法。如今箱门已开了，不知里面藏有什么重要东西。"

于是霍桑就动手搜查，见箱子里面，都是些奇书和信件，在他们党人看起来，虽颇关重要，可是对于霍桑们，并无多大的价值。

霍桑心想费了许多事，除去捉住几个非重要的党人外，并未得着什么，心中很觉烦闷，但仍耐着性子，再去搜查，见箱子的里面，还有一个小抽屉，用手拉时，并未上锁，一拉就开了。抽屉里面，差不多是空的，只有一方图章。

霍桑拿在手里，仔细看时，见图章上刻着四个篆字，正是"张印才森"，不由得喜形于色道："这不就是张才森的图章么？这图章如今虽无关重要，却是蓝三星党杀人谋财的铁证，也真是重要物件之一呢！"于是就把这图章，藏在里衣袋中，又向包朗道："我们还是回到外边去吧。"

当下他们就回到耳房里。

包朗忽然说道："上次我们追赶罗平，他的汽车，进这房屋后面的一条弄里，就不见了，究竟是什么机关，我们总不能明白。如今难得到了这里，大可查察一番，也借此破了那个疑团。"

霍桑道："好。"就一同向最后一进的房屋走去。

要知他们究竟能否查出那个机关，这机关又是怎样配置的，都得在下回书中交代了。

第十七章　活动墙壁

话说霍桑费了半天功夫，好容易将那保险箱弄开，在箱子里面，搜出张才森的一方图章。这图章现在虽已无用，但也是案中要证之一，霍桑心里甚是高兴。

这时警察长道："如今屋里都已搜遍，不曾遗漏一处，但除去这方图章，并无什么重要的发现，想来定是他们党人狡猾，早将重要的东西，搬移到别处去了。"

霍桑听他这话，觉得毫无理由，但也不去驳他，只是默然不响。

警察长又道："如今我们可以回去了，将方才捉住的几个党人，一同带到警察署里，让我来亲自讯问，必能问出他们的真情实处。"说到这里，又向旁立的一个警察，用高亢的声音说道："你去招呼那几个警察，叫他们把党人捆好，预备回去。"

这警察正待动脚，霍桑却拦住他道："慢着！我还有未完的事，必须乘此做完，方可回去。"

这警察只好站住，眼望着警察长。警察长也瞪起眼睛，呆看霍桑。

霍桑却如同没有看见一般，睬也不睬，只管向包朗道："难道你忘却了不成?这里不正是平凉路么?"

包朗一时恍惚,摸不着头脑,慢吞吞地道:"这里正是平凉路。你待怎样?"

霍桑微微一笑道:"我没有什么怎样,但心想明白上次那部汽车的去处。"

包朗这才恍然道:"原来是为了这件事!事到如今,这也不难明白了。你且等在这里,待我去问问那个姓王的老头儿,不怕他不据实告诉我。"说着就要走。

霍桑一把拉住他道:"你莫去问他。我不愿因人成事。我们既经到了这里,又是毫无阻碍,随便我们怎样搜寻,它机关虽巧,难道还不能破获么?"

包朗听他这般说,只好站着不去,心中却暗暗地道:"你的好胜心,未免太过了!去问他一声,叫他说个明白,何等便当?偏要自寻事做,白费许多手续。"包朗心里这样想,脸上就微露不豫之色。

霍桑真个机警,似乎也明白了他的心事,很庄重地说道:"我们做侦探的人,既不能怕冒险,也不能怕费事。常常有费了多少天的功夫,寻出一些头绪,以为依着进行,可以破案。到了后来,不料竟和事实相反。那几天的功夫,固是白白费去,还耗费去不少的精神,然而不能因这一些困难,就束手不做,必得再接再厉,务必到了案情大白,方可住手。这个正是做侦探的应有的精神,也就是侦探克享大名的要素。如果是畏难苟安,处处想讨便宜,不肯将实力去做,这种侦探,我怕非但不能成名,且不能破获案件。你置身在侦探界中,已有好几年了,这些显明的道理,想来定能明白。"

包朗被他教训了这一顿,觉得他说的话,句句都有道理,不由得将方才不快活的心,一变而为非常佩服,连连点头,暗暗称是。

警察长站在旁边,听他们讲起侦探学来,觉得很不入耳,不耐烦多听,就催促霍桑道:"你说事未做完,但不知是什么事,何妨赶快去做呢?逗留在这里,我以为是非常危险。他们党人,耳目何等灵通,万一得着消息,率领大队前来,将我们团团围住,我们将怎样脱身?不是要坐以待毙了么?"

霍桑听了他的话,几乎"扑哧"笑出来,本想抢白他几句,既而一想,和这种胆小无用的人,值不得多费口舌,付之不理便了。

于是霍桑也不理睬他,装作不曾听见,但向包朗道:"我回想那天的情形,罗平的汽车,走进那条弄里,忽然不见。弄的三面,都是风火墙,并无出路。后来你探听明白,左右都是栈房,只是迎着弄口的那道墙,是人家的后墙,就是这里的后墙。如今我们又晓得这所房屋,正是罗平的秘密机关,想来那天罗平的汽车,必然走进这所屋里。虽说后墙是砖造的,并无门户,汽车不能钻进,但天下的事情,每有出人意外,难保这后墙上面,没有特殊的机关,可以容那汽车钻进呢?而况像罗平这种人,机诈百出,精于机械,更难保不在墙上装做机关,所以我们要明白那个所以然,就在这后墙上面注意便了。"

包朗听他说时，连连称是，等他说完，就接着道："你所料的，必然不差，我们就去动手查看如何？"

霍桑道："好。"

于是霍桑也不招呼警察长，只和包朗走到这道后墙的里向。

但包朗却喊警察长道："你何妨同来？好叫你看一件奇事。"

警察长当即跟着他们，到了后墙的前面。

霍桑仔细观看，见墙的上面，当中挂着一幅山水画的中堂①，两旁镶着两副对联，面前还有一张条几，上面陈设着花瓶、插镜和时钟，十分整洁。

霍桑看了一会，暗道："这个奸猾的罗平，主意真多，真能出人意料之外。试看这道后墙，修饰得一无痕迹。我们若非亲眼看见他的汽车钻进弄里，就不见了，谁能疑惑这墙上装有机关呢？但天下无不破的案件，任你布置得怎样周密，终久有人识破，弄得一败涂地。所以像罗平这样的人才，若能走向正路，功名、事业，真是未可限量。可惜他一念之错，流入强盗的道中。蓝三星党虽也能震动一时，罗平的大名，也能使人畏惧，但遗臭于世，未免辜负他的材干了。"

霍桑心里感叹。包朗不知就里，以为他是默想破获机关的方法，不敢多说话，怕扰乱他的心思。

偏是警察长不识时务，在霍桑的肩上拍了一下，道："你有

---

① 中堂：悬挂在厅堂正中的大幅书画。

事,请做吧,怎么呆站在这里?"

霍桑道:"不敢劳你费心,我自己的事,自然会做。"说着,又向两个警察道:"对不住得很,请你们帮个忙,将这条几移将开去。"

警察长知道这必是他做事的第一步,不能不帮个忙,也就向警察道:"你们只管听霍桑先生的吩咐便了。"

于是这两个警察就一同上前,将条几移开。

霍桑走近墙前,见靠墙板装得很为齐整,既无破裂之痕,也无霉湿之迹。

霍桑又将这幅中堂,微微揭起,见画的后面,也没什么破绽,对联的后面,也是如此,不免心中有些发急,但仍很镇定着,向警察道:"请你们将这中堂和对联,一同拿开去。"

两个警察,随即站在椅子上,一幅一幅地将中堂和对联,都拿将下来。

霍桑也跳上椅子,将墙的上部,也查看了一遍,也不见有一些痕迹。用手拍着,只听得啪啪的声音,分明靠墙板后面,就是砖墙,并无夹壁。再看这靠墙板的颜色,已是红褐色,至少也有一二十年了。

霍桑心里暗想道:"这就奇了。看这道墙的外面,明明是一座好墙,哪里会藏着机关,能将汽车救进来呢?但那天那部汽车,若不是钻进这道墙里,难道真个飞上天去不成?天下哪有此理?"忽然心中又起了一个疑问,止不住问包朗道:"临那弄底的后墙,不知可是这里?我们莫非弄错了,所以寻不出什么?"

包朗不加思索，很坚决地说道："你不用狐疑，我敢决定是这里，一些不错！"

霍桑道："既是这里，何以毫无形迹可寻呢？"

包朗道："原是奇怪极了！难道罗平真是天神？他布下的机关，我们连寻也寻不着么？我却有些不信。"说着，他就在旁边搬了一张椅子，放在霍桑身旁，站在上面，仔细搜寻。

霍桑也用心细看，但平整的靠墙板上，毫无触目的现状。

包朗有些发急了，握起拳头，时时在墙上乱击，道："罗平的肚皮里，藏满了不可测度的主意。难道你这道墙的里面，也有什么坏主意不成？"

他接连拍了几下，觉得手痛，方始住手，又向霍桑道："我们既然寻不着，还是去问那王老头儿吧。"

霍桑瞪了他一眼道："怎么你又说这话了？我拼着拆去这道墙，里面倘有机关，也将出现，定然不去问他，免得被他笑说'无用'。"

包朗见他执意不肯，也不便勉强他，只索性罢了，且看他怎样弄法。

这时霍桑心里虽很发急，但表面的神气，仍是安闲得很，站在椅子上，两眼直望着墙壁，看了一回，忽地伸出右手，将那些板缝，逐一地推弄，但装配得很牢固，一些也不摇动。

霍桑一时没了主意，跳下椅来，复行坐在一张沙发上，两手抱着头，运用他灵敏的脑筋，想搜索出这个道理。

包朗和警察长见霍桑不声不响，知道他必有所思，也就不则一声,都默然坐着。只有那两个警察,当着警察长的面前,哪敢就座,呆呆地直立着,好似两个石人一般。

这时屋中沉寂极了,没有一些声响,但各人的心中,都怀着一个意思。

包朗和警察长的意思,大略相同,都很怀疑霍桑究竟想出什么方法,来破获这个机关。两个警察,却是完全莫明其妙。

霍桑的心里暗想:"那汽车忽然不知去向,必是那弄里设着机关,把汽车隐藏起来,这是一定如此安排的。但这机关是设在什么所在呢?起初我以为必是在这墙上,如今已将这后墙,察看无遗,毫无痕迹。或是那机关竟然出我意料之外,并非装在墙上,却是另有活动的地窖,那汽车走到窖里去了么?然而那天我已将弄里仔细踏勘过,地土都很坚实,没有稍微松动的地方,那么又怎能有地窖呢?既无地窖,墙上必有机关,如今何以又查看不出呢?这真是件奇事!难道我这'东方福尔摩斯',竟然因此束手么?"

霍桑想着,不免有些焦急,竭力忍耐着,静心再想,一面想着,一面将两道锐利的眼光,直射在这道墙上,恨不得眼光的功用,有如爱克司光①号一般,能够看到内部的情形。

这样又过了一会,霍桑忽有所悟道:"我上罗平的当,于今已有好几次了:诸如图画后面,能够伸出刀和棍来;按着床头的板

---

① 爱克司光:晚清民国时期对"X 光"的音译。

上，空中就落铁丝网来。这些机关，固然是巧妙极了，但仔细一想，布置的方法，都是大同小异，不外乎有一个开关机，触动了它，机关就立刻活动。而且这开关机，又都是只须揿上一揿就得了，并无别种特异的关键。据此想来，如今我意想中的这个机关，或者真在这道墙上。未经触动开关机，这机关自然伏着不动；倘若触着了，包管这机关怎样活动，就能现在我们的眼前。话虽这等说法，这开关机究在哪里呢？"

霍桑又想了一会，霍地从椅子上跳将起来，嘴里自言自语道："我真所谓'聪明一世、糊涂一时'了。"

包朗和警察长猛然见他如此，不知他怀着什么意思，都吃了一吓，正想问他，霍桑却先笑嘻嘻地向包朗道："我们可真糊涂极了！汽车从外面逃到屋里，这开关机必然装在墙的外面。我们只是在屋里搜寻，自然寻它不着了。"

包朗还未十分明白，霍桑又接着道："我们到那条弄里去寻吧。"又向警察长道："请你和两个警察，一同随我们来吧。"

警察长未曾听得明白，不晓得他要到哪里去，以为又去搜拿别一处的贼巢，心想："这里是托天之福，马到成功。再到别处去，未必也能这样容易，万一对打起来，岂不是非常危险？"

他这样一想，就十分害怕，尼①着坐在椅上道："你仍要去再破获贼巢，尽可快去，我就留在这里，看守这个贼巢，和那几个

---

① 尼（nǐ）：阻止；阻拦。

党人吧。"

霍桑知他会错了意，本想将错就错，吓他一吓，又想："他既胆小如鼠，我也不忍故意吓他。"就老老实实地告诉他道："你莫害怕！我们并不是去破获贼巢，却是去搜寻一个机关，而且离此不远，就在这屋子的后面。我们一同去吧。"

警察长听了他这几句话，方始心定，从椅子上慢慢站起，随着霍桑和包朗直向大门外去，又向两个警察道："随我同去，端稳了枪，防有不测。"

警察答应，就跟在后面，一同走出大门。

走了不多几步路，已到了那家烟纸店。

霍桑忽然走进去，向一个伙计道："请问一声，你可曾看见那屋里有人走出来么？"

这伙计道："不曾看见，但是……"

旁边一个伙计向他丢了一个眼色，道："不关你的事，你少开口吧。"

这伙计果不再说。

霍桑听的他话里有因，哪能容他不说，就追问道："但是什么？你快说下去！"

这伙计很仓皇道："没有什么。"

霍桑见他这种神气，觉得格外可疑，就大声喝道："你真个不说么？"又向警察道："给我捆了，带回署里，打他一顿，看他说也不说？"

警察长也连连喊"捆"，警察就要上前动手。

这伙计方才着慌，连忙央求道："且莫捆我，我说出来便了。"

霍桑道："你倘能据实说来，恕你无罪。"

这伙计定一定神，才说道："屋里确没有人逃出，但方才我们店里有一个人，向来是住在那屋里的。他站在店门外，看了一看，就连喊'不好'，如飞地走了。"

霍桑道："这人是谁？你可认识他么？"

这伙计道："他名叫'张三'，绰号叫作'快腿'。"

霍桑听了这个名字，暗道："原来就是'快腿张三'！大约他命不该绝，恰巧在这店里，不然，也得给我们捉住了。想他逃走了后，必是送信给罗平去了。罗平得着这个消息，不知怎样。据我想来，罗平既晓得我们已冲破这个巢穴，他虽赶来，也无济于事。我断定他必不来，却另打主意了。所以我们虽晓得张三逃走，却不必惊慌，尽管安安稳稳，干我们的事。"

他主意拿定，也不再理睬这个伙计，却向一行人众道："我们走吧。"

他们走出这烟纸店的门，由霍桑和包朗引路，兜到这屋的后面，走进那条弄里，又一直走到迎弄口墙的前面。

霍桑凝了一凝神，将这道墙的上下左右，都再看个仔细，只见砖石整齐，毫无破绽。后来看到墙角上，见有一块砖头的四周，石灰很有剥落，就引起了霍桑的疑心。再摇摇这块砖头，很为活动，向外一抽，就抽了出来，露出一个小洞，洞中有个铜环。

霍桑料到这必是开关机了，就紧握铜环，用力一拉。只听得一声微响，这道墙上，在离地有六尺多高的所在，现出在一个窟窟，有一块长方形的木板，倒落下来，一端着在地上，一端还搁在窟窿的沿上。

霍桑见了，不禁大喜道："你们看这块木板上面，还不能走汽车么？那天罗平乘着汽车，被我追进弄里，他必是拉动铜环，放下这块木板，他的汽车，就由这板上到了屋里。等我们追进弄里，他又早已拨弄机关，收回那块木板。板的反面，画着砖砌的纹彩，和墙一般，所以不能看出。好个机诈百出的罗平！你的心思，真是灵敏极了！"

包朗和警察长等见了，更是连口称奇。

霍桑又道："这机关既已破了，真是绝大的快事！如今我们不必久留此间，且回到屋里，将那几个党人押回警署里去吧。"

众人答应着，就一同回到屋里去了。

欲知后事如何，且看下回分解。

第十八章　走马换将

话说霍桑、包朗和警察长，破获了墙壁上的机关，深叹罗平用心之巧、设计之奇，实非常人所可及，当下仔细看了一回，就一同回到平凉路。走进屋中，两个警察，也跟了进来。

休息了一回，霍桑道："如今已捉住几个党人，又破获了那个机关，总算不虚此行。我们就此回去吧。"

警察长听了这话，正中下怀，连声道"好"。

霍桑见他这样性急，止不住好笑，有意打趣他道："但是这个贼窟，必须有人看守才是。据我的意思，让我带着几个警察，将那几个党人押解回去，再留下几个警察和警察长驻守在这里，且等到明天，再作道理。请问警察长，意下以为如何？"

警察长道："这个你未免小题大做了。看守一贼窟，派几个警察，也尽够了，何必要我在这里？"

霍桑道："警察长若不愿在这里，也尽可回去，我们何敢相强？不过这个贼窟，非比寻常，却很为重要，警察长若不在这里督率着警察，难保警察不偷安苟且，贻误要公。万一罗平得着信息，率领党人前来，单靠那几个警察，如何抵挡得住？设或再闹出大乱子来，那时警察长又将怎样？"

警察长听说罗平或者要来，更是不敢留守，但一时惶急，又说不出个必须回去的理由，心下十分发急。

霍桑又紧逼一句道："那时警察长对于职守上，如何交代得过去？"

警察长发了一回愣，才低低地说道："倘若罗平果真率领党人前来，我纵然在这里，老实说一句话，恐怕也决非他的对手。倘再不幸，我竟被他们掳去。以堂堂的警察长，竟被党人捉去，他们的声威，更将浩大，官家的体面，也就丧失殆尽了。我并非有意规避，照事实上的利害看来，我委实不宜留在这里。"

霍桑心想："莫看他是个无用人，却很会强词夺理。这一番话，亏他想得出，倒也有些道理。"再看他已急得面红耳赤，也不忍再拿他玩耍，就顺水推舟说道："这一层道理，我并未想到，如今给你说穿，我也觉得你留在这里，很不妥当，还是和我们一同回去吧。"

警察长这才心定，又道："这里房屋很宽大，我们应得多派几个警察，守在这里，才能放心。"

霍桑道："正是。"又想了一想，道："我们带来的警察，共是二十人，带进屋里的，只有四人。依我分派，留十六个人在这里，其余的四个人，押着党人，随我们回去。你道可好？"

警察长连声道"好"。

包朗插嘴道："那十六个人，此刻还在外面，待我去喊他们进来，听候警察长发令。"

霍桑点点头，包朗拔脚就向外边走。

警察长却拉住他,道:"包先生,这个不敢劳动。"又向旁边一个警察道:"你去,将他们一齐喊进来,我有话吩咐。"

这警察答应着,就出去了。

不多一会,就走进一队警察来。

警察长正言厉色,向他们说道:"我们仰仗这一位霍先生和那一位包先生的大力,已将这个党窟破获,还捉住好几个党人,将来论功行赏,你们多少总有点好处。如今派定你们这十六个人,留在这里,看守这所房屋,你们须将大门紧紧关上,坐在里面。若听有人敲门,必先问个明白,方可开门,让他进来,谨防有党人混进。再则若遇必要时,认定对方确非善类,为自卫起见,准许你们开枪。这严重的命令,你们务必遵守,不得有误。"

这十六个警察同声答应。

警察长又向霍桑道:"我已发下命令,我们就可动身了。"

霍桑点点头,又望着包朗道:"你去到那间房里,叫那两个警察将党人押到这里来。"

包朗应声去了。

霍桑又向一个警察道:"大路旁边,有四部汽车,你赶紧去,叫车夫立刻将车开到门前。"

这警察也随即出去。

一会,包朗和两个警察已押着六个党人,来到霍桑面前。霍桑见他们还是精神抖擞,毫无一些惊惧的神气。

那个王老头儿更是非常镇定,看见霍桑,笑嘻嘻地道:"你预备将我们送到哪里去?可是到警察署里去么?"

霍桑道:"正是。事到如今,只好委屈你们一些。"

王老头儿还笑着说道:"这个算不得什么。想你以前在这里的时候,我们也曾委屈过你。佛家说这就叫作'果报'。"

霍桑道:"你既晓得这果报之说,何苦平日所为,事事都是播种恶因呢?"

王老头儿道:"这个你就错怪我们了。要知我们平日所做的事,大半非出于本心,却是受着难堪的逼迫,不得不如此的。所以这些恶因,虽然似乎由我们种下,但最终的恶果,未必在我们身上收获呢!"

包朗听他们又说这些闲话,深怕说个不了,耽误工夫,恰巧去喊汽车的警察,也已回来,说汽车已在大门外,就催霍桑道:"各事都已停当,我们就走吧。"

警察长也道:"正是。我们就走吧。"又向那十六个警察道:"方才我吩咐你们的话,务必记牢,若有违抗的,定不宽饶。"

十六个警察都低头受命。

霍桑也向回去的四个警察道:"你们四个人,分为两组,每组押着三个党人,乘一部汽车,沿途务宜小心。"又向警察长道:"我和包先生乘一部,你们自乘一部吧,可以稍为舒适些。"

警察长道:"只是你们二位受挤了。"

霍桑道:"这个不妨事的。"

当下一行人众,就要动身,忽然那十六个警察当中,跳出一个警察来,走到警察长面前,很恭敬地说道:"警察长容禀。我们奉令留守这里,职务所在,自然不当推辞,但枵腹从公,却也无此情理。这里地方冷静,既无卖食物的店铺,这所房屋中,有无存粮,也不可知。如果有时,我们自己会烧会吃,倒也罢了。万一是空无所有,请问我们的食物,作何打算?这个应请警察长的示下!"

警察长猛地里听了这话,一时竟回答不出。

霍桑在旁听得清楚,就道:"这一层我早已想到,方才忘却向你们说一声了。我想等我们回到署里之后,立刻预备食物,用汽车送来,好在路途不远,来往不消多么一会。你们请放心好了,警察长既派你们在这里,当然替你们预备食物,不能叫你们饿着肚皮的。"

那警察方始不响,退回原处。

他们一共十三个人,这才走出大门,依照霍桑的支配,各自上车坐定。

汽车夫随即拨动马达,汽车就一直走上大路了。

霍桑和包朗同坐在一部汽车里,闲谈消遣。

包朗先说道:"我们这一次的举动,居然未被罗平晓得,才能马到成功,可见得无论怎样的聪明人,难保没有偶尔糊涂、心思想不到的时候。"

霍桑道:"他事前虽不晓得,但既得着快腿张三的报告,也就明白了。我怕他决不甘心,必然再想复仇的方法。"

包朗道:"以后的事,姑且搁起。如今我们破获党窟,捉住党人,得着这一次的胜利,总可使那蓝三星党稍为胆寒些了。"

霍桑道:"但是和我们积下的怨恨,也就更深,我们须得格外防范着才好。"

包朗又道:"我们虽几次上他们的当,陷身在他们党窟里,但都能死里逃生,没伤着我们分毫。如今我们却捉住他们六个党人,仅就我们一方面说,可算是得着完全的胜利。只是甄范同和那几个警察,如今还在他们手里,不知死活存亡,未免还是美中不足。"

霍桑道:"但是捉住这六个党人,他们就有了生机了。"

包朗听了不解道:"此话怎讲?他们党人,既然死在我们手里,他们焉能不将甄范同等杀死,替他党人报仇?你为何偏说甄范同等有了生机呢?"

霍桑道:"是呀!我们倘若杀死党人,甄范同等自无活命的希望;但是如今党人未死,包管甄范同等可以安稳回来。"

包朗还是不懂,道:"请教他们怎能回来呢?罗平放他们回来么?"

霍桑道:"正是。罗平若不放他们,哪有本领,可以逃走回来?"

包朗很疑惑道:"当初罗平也曾费了一些事,才将他们捉住,如今岂肯轻易放回他们?"

霍桑道:"这当中有个道理,且待我讲给你听,你便可明白。甄范同虽是个侦探,但'饭桶'的绰号,久已喧传在外。罗平自也晓得,那几个警察,更是无用之人,所谓'得之不足喜,失之不足忧'。那么罗平岂肯为了这几个不足轻重的人,却眼看着他得用的党人,被我们杀死呢?他自然想出方法,拿甄范同等掉换他们党人了。"

包朗高声道:"掉换么?"又凝了一凝神,道:"或者竟有这回事发生,也未可料。"

霍桑笑道:"倘将来真个发生这回事,如今甄范同等不是已有了生机么?"

包朗道:"一些不错。走马换将,战争中是常有的事,不过罗平将用什么手续,理这件事呢?"

霍桑道:"这却不能逆料,且等着看吧。"

他们二人,一路闲谈,不知不觉,车已到了警察署门前。

二人等车既停,随即下车,见那四个警察已押着六个党人从车上走下。

警察长已跳下车来,立刻吩咐四个警察将党人暂为押在看守所里,务必加意看守,又招呼霍桑和包朗走进他的办公室,休息了一回。

警察长道:"我们此番出去,总算得胜而回。但若被罗平晓得,以为党人既被我们捉住,必难活命,说不定因此一怒,也将甄范同等杀死,那岂不是糟糕了么?"

霍桑道:"这是什么道理呢?"霍桑就将顷间在车里对包朗说的话,又说了一遍。

警察长听了,半信半疑,说道:"但愿如你所说,虽将党人放回,却也还值得了。"

霍桑和包朗又坐了一会,这才回转家门,到得家中。

二人净了面手,又换上一套衣服,吃了些点心,对坐在霍桑的办事室里。

霍桑忽然笑向包朗道:"我们做侦探的人,真正有趣。譬如此刻是安稳地坐着,说不定一两个小时之后,已完全变了一个境界,但生命也危险极了。回想我自从做这私家侦探以来,生命在呼吸间,已不知有多少次。别的案件,不去说了,就说蓝三星党这一件事吧。我身入虎穴,总有好几次,当时并不觉害怕,过后思量,倒反有些胆怯了。不是我说句倒运的话,我的死期,不知在几时,又不知是怎样死法呢!倘能活到老年,因病而死,那就真是万分造化了!"

包朗听他的话,说得太离奇,一时无从应答,只管瞪眼望着他,似乎想借这凝视的眼光,阻他莫说的一般。

正在这个当儿,见有一个下人送进一封信来,霍桑接过来一看,就道:"如何?果不出我所料,罗平果然有信来了。"

包朗听说是罗平的来信,立刻站起来,走到霍桑的身边,等霍桑将印有蓝色三星的信封拆了,抽出一张信纸,打开来看时,上面写着道:

霍桑先生大鉴:

顷间君逮去吾党人六人,又前次曾充警察之"王得胜"一名,计共七人,而吾等亦获有侦探甄范同及警察十二人,人数虽不相等,但吾拟相互掉回,各以无用之辈,易回有用之才。倘以为然,请商诸警署,于即晚一时,在南郊外十里之丛林中,为交换之场。并须约定不得以奸计欺人,应各以名誉为担保也。

蓝三星党魁　启

霍桑看完，向包朗道："难得他既有这种请求，我们尽可答应他。姑且先救回甄范同和十一个警察，以后的事，再慢慢计较。横竖张才森的案件，总算破获，不过尚未将为首的凶人捉住罢了。这个尽可从缓打算。"

包朗道："你以为然，还无用处，不知警察长意思怎样。"

霍桑道："他有什么独断的意思？不过因人成事罢了。而且他听说可以救回甄范同，包管愿意答应。"

包朗道："那么我们还得到警察署去一遭，将这封信给他看看。"

霍桑道："这个自然。"

包朗道："什么时候去呢？"

霍桑道："随便什么时候。如今就去，也未尝不可。"

包朗道："我们已歇了好多一会，肚皮也已吃饱，就去走一遭。讲定之后，就可定心定意，等候时刻做事了。"

霍桑道："好。"

二人当即出门，坐上黄包车，直向警察署而去。

到了那里，问明警察长正在办公室，二人也不待通报，就一直走了进去。

警察长忽然见了他们，不禁暗暗称奇，心想："他们去不多时，复又前来，定有事故。"就一面请他们坐下，一面问道："你们去而复来,不知有何事故?"

霍桑不答,先将那封信递给他。

他看了说:"不信真会有这件事,居然被你料到了!"

霍桑道:"你的意思怎样?"

警察长沉吟一回道:"这事却是两难!我们费了许多事,冒了几回险,好容易才捉住这七个党人。如今若是放了,岂不是将前功尽弃?若是不放,照例治罪,当然是死罪。那么恐怕我们杀死这七个党人之日,也就是罗平杀害甄范同等之时。这事却叫我左右为难呢!"

霍桑道:"你无庸想得这般周到。我且问你,究竟可想救回甄范同么?"

警察长道:"他既活着未死,我哪有不想救他回来之理?"

霍桑道:"你既想救回他们,就只好放走这七个党人。"

警察长又想了一会道:"霍先生,你的计策很多,何不借这交换的名,暗地里设下个妙计?将甄范同等救回,却不放走这七个党人。"

霍桑连连摇头道:"这却不能!罗平信上说明不得以奸计欺人,当以名誉为担保。我们既允许和他对换,就是承认他这两句话,岂可出尔反尔,被他们做强盗的耻笑呢?"

警察长见他说得这等坚决,料想不能打动他,就也不再说,只道:"事到如今,我们只好就答应他,等到夜里一点钟行事便了。"

霍桑道:"这样很好。话既说定,自然没有变动了。如今时刻还早,我们且回去,等到夜里再来。"

警察长道:"事关重大,请你们宁可早些来。"

霍桑道:"这个无庸你嘱咐的。"

警察长道:"但不知要预备些什么东西?"

霍桑道:"没有什么东西,只须三部汽车好了。"

警察长答应照办。

霍桑和包朗这才告辞出来,仍旧回到家中。

霍桑道:"今天夜里,我们还得辛苦半夜,此刻早些安睡,养养精神吧。"

包朗道:"好。"就各归卧室,上床安息去了。

等到霍桑一觉醒来,看看时计,刚正十点钟,就爬起身来,走到包朗的卧室,推门进去,见他还是酣呼大睡,当即将他喊醒。

一同洗过脸,吃了晚饭,见已是十一点半钟,霍桑道:"差不多已是时候了,我们应该动身了。"

二人又略为预备,就走出大门,乘黄包车直到警察署,见了警察长,知道汽车已停在外边。

警察长又问道:"可要带几个警察去,作万一的防备?"

霍桑道:"不须如此,我想罗平必不欺我。但那七个党人坐在车上,必有人看守,万一途中走脱一个,那就坏了大事了,请你派四个警察跟随同去吧。如今时候已不早,请你派人将那七个党人先押上汽车去吧。"

警察长就分头去招呼,不多一会,已是办妥。

霍桑就辞别警察长道:"我们去了,停一刻再会。"

警察长道:"请你们各事小心些,我就在这里等你回来。"

霍桑向他点点头,便和包朗走出大门。见汽车停在路旁,四个警察押着七个党人,也站在那里,霍桑就将这七个党人,分坐在两部汽车上,每部汽车上,派两个警察看守。他和包朗坐了一部汽车,跟在他们后面,一直向南郊而去。

这时时已入夜,路上行人很少,车行很为迅速,不觉得多少时候,已来到南郊。

又走了一会,霍桑见前面有一片黑魆魆的东西,仔细看时,正是树林,心中暗想:"不知可就是这个树林么?"

正在暗想的当儿,忽见树林当中,倏地露出一道光来,正照在汽车上面。

又听得有人问道:"来者可是霍桑么?"

霍桑应道:"正是。你是何人?"

那人道:"我是蓝三星党员。我且问你,我们的七个党员,都来了么?"

霍桑道:"正是,就在这两部汽车上面。我们的侦探和十一个警察,现在哪里?"

那人道:"你看右旁走来的,不就是么?"

霍桑回头看时,见果然走过几个人来,第一个正是甄范同,又数明后面跟的警察,一共十二人,当下无暇和甄范同谈话,就连忙吩咐车上的警察,将七个党人一齐解了缚,放他们自去。他们连纵带跳,直向那道光去了。

霍桑又听对面说道:"两方都无错误,我们就告别了。"说时,那道光忽已不见。

霍桑也不去管他，就叫甄范同等一齐上了汽车，开回警署。

霍桑心想："方才说话的，不知是谁，照情理说，这走马换将，也是一桩大事，罗平或者亲自出来，但罗平为人，向来非常周密，未必肯轻易出来。"又想："我做了多年侦探，破获的奇案，各种都有，却没有这么一回事，真所谓'越遇越奇'了！"

霍桑只管心里想，甄范同坐在他旁边，也未招呼。

还是甄范同先说道："霍先生，谢你救命之恩，我总得竭力图报的。"

霍桑听他说话，这才回转头来，连忙谦让道："大家都是为公，用不着这样客气。"

甄范同又问："这是怎么一回事？"

霍桑就详细告诉他。

等霍桑说完这番话，车已到了警署门首，各人相将下车。

除去那十六个警察回到他们的帐棚去外，霍桑、包朗和甄范同都一齐来到警察长办公室。

警察长见了，自是万分欢喜。

霍桑将方才的情形，说了一遍。

警察长连道"辛苦"，又向甄范同道："你陷在党窟里，已有好几天了，可曾听见什么消息，看出什么情状么？"

甄范同道："说来话长着呢！"

要知甄范同说出什么话来，且听下回分解。

第十九章　甄范同之自述

话说霍桑救回甄范同和十一个警察,就立刻将他们送到警署。警察长见了甄范同,好生欢喜,便问他怎样被党人捉住,捉住后又是什么情形,可曾受罪。

甄范同道:"说起来,话很长呢!那天清早,我率领第三排警察,共是十二人,去到万福桥,寻着那所房屋。见地方很幽僻,静悄悄不见一人,我当即将警察分为三队:一队把守前门;一队把守后门;还有一队,由我带着,冲进大门。大门本是虚掩,里面一个人也没有。我不免很为疑惑,心想党人都出去了么?还是躲在房里呢?

"我吩咐警察上楼去搜寻,我在楼下等候着。他们跑到楼上,不多一会,有个警察唤我上楼。我也就到楼上去,见唤我的这个警察,名叫'王得胜'。他又说已经捉住一个党人,捆在房间里面,叫我进去看。我听说已将党人捉住,心下甚是欢喜,就三脚两步,走进房里。

"不料我刚正跨进门限,忽见高橱后面,穿出一个人来,手拿木棍,对准我的头,往下就打。我见他来意不良,想一面避开他的木棍,一面用手枪轰他。但是已来不及,可怜我大好的头颅之上,就被他打中一棍。这一棍的来势,十分厉害,直打得我头昏眼花,跌倒地上。

"当时我想我虽遭了暗算,房外还有我带来的警察,我就大喊'救命'。党人又拿手枪吓我,不许我则声。可笑我一个很活泼的人,到了这时,就俯首听命,一声不敢响了。

"那时还有一件非常奇怪的事,就是那个王得胜,他站在我的旁边,见我被人家打倒,他却一动不动,只是嘻嘻地笑。后来他才向我说明,原来他也是党人,为着要打探警察署里的消息,才改变姓名,来当警察。我这才恍然大悟:诸如虚掩大门、人都藏匿,必是他们串通设下的空城计,赚我们来上当的。

"王得胜又亲自动手,将我捆个结实,再和用棍子打我的那个党人,商量了一回,又喊进几个党人,用猝不及防的方法,把我所带去的警察——除去王得胜一人——都一股脑儿捉住,关在一间房里。还有两个党人,掮着枪,站在房门口,好似为我们站门岗的一般。

"这时我可难受极了,手和脚都捆得很紧,那很粗的麻绳,差不多已陷进肉里,痛得有如刀割似的。头上被打了一棍,也觉很痛。我心里愤恨极了,恨不得用用气力,将手和脚上的麻绳,都绷得寸寸断折,跳得起来,把党人打倒,捆紧他的手脚,也叫他尝尝这个滋味。怎奈我每一用力,绳子更陷到肉里,痛得更耐不住。

"我无可如何,只好按住心头上的愤火,且等机会来,再想法逃走。后来肚里饿了,也没有东西吃;口里干渴,也没有一滴水喝。我曾向守门的党人好意商量,请他们给我们些食物和茶水。但他们只瞪着眼睛,向我们望了两眼,也不曾回答一声。这样过了一天一夜,我们已是筋疲力倦,委顿不堪了。

"等到第二天早上,忽然进来好多个党人,将我们都拖了出去,有如拖死猪一般,何尝将我们当作人看待?拖到门外,又推上汽车,十一个警察,共坐一车,有两个党人押着。我和几个党人,同坐在一部汽车上。这党人当中,有一个相貌很魁梧、态度非常镇静的,紧紧地靠着我。我见别个党人对于他,都很有礼貌,所以我想这个党人,必是党中重要的人物呢!"

霍桑笑道:"你不认识这人么?他正是蓝三星党党魁罗平呀!"

甄范同愣了一愣,道:"原来就是罗平呀!怪不得他的相貌和态度,胜过其余的党人呢!"

霍桑道:"你不必多夸赞他了,紧接上文说下去吧。"

甄范同就道:"他们将我们都拖上汽车,汽车就开了,走得非常之快,一转眼的工夫,已走上大路。不料正走得起劲,后面忽有一部汽车,追将上来,大声呼唤,叫我们停车,否则就要开枪。

"我坐在车里,听得清楚。起初原不知是谁,但听这两句话的口气,或者是罗平的对头,赶来搭救我们的,后来才晓得正是霍桑先生。那时我心里欢喜极了,以为霍先生既已赶来,自必有个交代,我们就有脱险的希望了。

"谁知罗平虽知霍先生在后面追赶,一些也不害怕,只管催着汽车夫,开足马力,如飞地向前走。霍先生的车子,也紧紧地追上去。这样走了好多一会,弯弯曲曲,走了十几里路。这两部汽车,就走进一条衖衕,停在一座高墙下面。

"罗平的身段,轻便得和燕子一般,这时站起身来,身子向前弯着,伸出右手,在前面高墙上,揿了一揿。说也奇怪,耳听得哗啦一响,墙上立刻现出一个大洞,并垂下一块广阔的木板,一头搁在洞沿上,一头正撑到地上。这两部汽车,就一先一后,从这块板上,走进这个大洞。我又见罗平用手在墙上一揿,又哗啦一声。我急忙回头看时,墙上并没有洞。两部汽车,却安安稳稳地停在一间大房屋中。

"当时我见这情形,心里焦急万分,料想霍先生追进衖衕,看不见我们,必也发急,但何能晓得墙上装着机关呢?霍先生既不能追进屋里,我们方才的希望,可就断绝了。我心里虽发急,面子上却很镇定,一声不响,看他们怎样处治我们。

"一会,就走过一个老头儿,还有几个少年人,大约都是蓝三星党党员。他们见了罗平,都很恭敬地行了礼。罗平就吩咐他们将我们送进地窖。他们同声答应,就将我们连推带拉,经过二十多层阶级,送到一个地窖里。

"这地窖约有一间房子大小,毫无装修,霉湿的气味,嗅着发呕。我们共是十二个人,闷在这里面,难受极了。肚里饿时,他们也送来一桶粗米饭,和一碟咸菜,有时再有一壶冷水。我们饥不择食,也可勉强吃饱。吃饱之后,就在泥地上睡觉。

"我常常心想,罗平既将我们捉来,何以又不杀我们呢?难道他还拣个好日子,才杀我们不成?那时我虽得苟延残喘,但精神上的痛苦,已到极点,心想既无法逃生,不如早些死了,倒觉爽快干净。我这样天天望死,罗平偏不来杀我。

"直到了前两天,方才来了几个党人,将我们都牵出地窖。他们虽未曾说明所以,我却以为定是死期到了,但心里既不害怕,也不难过。惟愿他们杀害我时,手下放得快些,莫叫我们不死不活,尽着挨痛好了。

"这一次,我并未看见罗平,只见那个老头儿笑嘻嘻地向我道:'你们在地窖里面,已住了好几天,大约住得有些厌烦了。我们首领特别体恤你们,替你们搬个场所,让你们受些清新空气,精神上舒服些。'

"我听了他这番话,以为他是有意打趣我们,不由得动怒,大声骂他道:'你这老不死的狗才!要杀要剐,听凭你们,我一些不怕。就是和我同来的这些弟兄们,也都是些好汉,向来是不怕死的。你莫说这番俏皮话,打趣我们。须知我们虽死,替我们报仇的人,却还很多。你们放小心些,死的日期,也就近在目前了。'

"我一时怒极,骂了他一顿,骂完之后,又有些后悔,深怕把他骂上气来,走到我的面前,打我几下。我被他们围绕着,不能回手,岂非到了临死的时候,还吃他的眼前亏么?

"不料那老头儿非但不动气,还是笑着向我道:'你误会我的意思了。你以为我们将要杀死你们么?其实我们决不伤害你们分毫。纵要杀死你们,现在也还不是时候,或者将来有这么一天。'我听了他这话,半信半疑,姑作此说地问他道:'既不杀死我们,预备将我们搬往哪里去呢?'老头儿道:'这个你何必问我?稍停片刻,你就可到了那里,便能明白了。'这老头儿说到这里,已有

一个党人,从外面走进来道:'车子已停当了,赶快动身吧。'

"老头儿点点头,又吩咐将我们的眼睛,都用布扎好,遮得什么也看不见,糊里糊涂,被他们拉上了车。耳边听着马达转动的声音,和呼呼的风声,晓得车子已开了,但东南西北,都不晓得。约莫走了二三十分钟,车子停了,我们又被他们拉下车,觉得跨上阶石,经过门限,似乎走过好几重门户,他们才叫我们站住,又除去我们扎眼睛的布。

"我睁眼看时,已到了一间房里,虽也没有陈设,但有窗户、有地板,不像地窖里那样黑暗和潮湿了,精神上觉得很为舒服。不过这时肚皮里很饿,我万万熬不住,就和党人说明。他们随即出去,拿进二三十个馒头来,又向我们道:'你们吃吧。吃饱之后,可得放安静些。'他们说完这话,就都走出去,把房门关上,并从外面落了锁。

"我们坐在地板上,狼吞虎咽,将肚皮吃饱。我问警察们:'方才来时,可知是何方向?'他们都说:'不知。'只有一个警察说:'是一直向南,并未转弯。'这话是否可信,却也不敢决定。我们住在这间房里,一连又住了两天。

"到了昨天晚上,党人送进晚饭。我们方才吃完,他们又走进来,向我们道:'恭喜,恭喜!首领吩咐放你们回去了,赶快随我们走吧。'我听他们这话,心想罗平哪有放我们走的道理?莫非这一次真是要杀我们,可恶的党人,又来打趣我们的?心里虽又觉动气,但不再骂他们,免得又有上次的后悔。但问他们可知道首领用甚方法,杀害我们?他们听我这一问,都张口大笑,叫我不

必害怕,说:'首领委实是放走你们。'

"我见他们说话的神气,很为庄重,不像说的是谎话,止不住心上万分狐疑,暗想当初罗平既然安排妙计,将我们诱入彀中,一个个捉住,如今岂肯放走呢?这当中必有缘故。莫非我们被罗平捉住之后,警察长和霍先生想尽方法,搭救我们,此刻已占了胜利,逼迫得罗平不敢不放我们么?

"我想到这一层,真是快活极了!又想如果真个如此,罗平失败过这一次,自然晓得我们的厉害,以后必不敢再胡作非为。那么我虽受了这几多天的罪,也算值得了。

"当我正在暗暗得意的时候,他们已领着我们走出房门,经过几重院落,就来到大门之外。我见门外停着几部汽车,车头上的灯和尾灯,都已点上。又听得啪啪的马达转动的声音,分明是预备立刻开车的模样。送我们出来的党人,又指着车子向我们道:'你们赶快上车吧,时候已不早,还要走好多里路呢。'我们见这情形,相信他们果是放我们回去。我们十二个人,自然是人人高兴,精神十分鼓舞,接连着上了车。也有好几个党人,伴我们坐在车上。

"车子开行之后,走得很快,但走的都是小路,天色又很黑暗,竟辨不出是些什么地方。走了着实好一会,车子方才停住。他们说:'已经到了。'我睁着眼睛,四下里瞧看,却是一个很荒僻的所在。一眼看出去,既无一点灯光,除去我们这许多人,也没有一个人影。一团疑云,立刻又涌上心头,暗想怎么将我们送到这里?这是什么所在呢?哦,莫非他们有意拿话骗我们,将我们骗到这里,再动手杀害不成?

"我心下这般想,但那几个党人,坐在车中,一动不动,只时时地东张西望,似乎等待什么的一般。过了一会,忽听远远的又有车行的声音。接着几道灯光,射到目前,党人就说道:'来了,来了!定是他们来了!'我听了这话,忍不住问道:'谁来了?来的是谁?'

"党人笑道:'你莫性急!一会儿工夫,你就明白了,包管来的这人,正是你日夜所盼望的便了。'我想我日夜盼望的人,只有两人,就是警察长和霍先生,盼望二位来救命。如今这来的人,难道正是这二位不成?

"当时我觉得奇怪极了,再三地拿这话问党人,他们却笑而不答。我无可奈何,只好耐着性子,以为等车子来到面前,便可明白究竟。偏偏那几部汽车,远远地就已停着不走。

"坐在车上的党人,这时都跳下车去,只留下二人看守我们,其余的都向那些汽车走去。又不多一会,我听得一声暗号,这两个党人就向我们道:'事情已办妥了,你们去吧。'我们听着这句话,立刻跳下车,拔腿就走。"

甄范同说到这里,又直望着霍桑,发出很恳切的声音道:"霍先生,那时我看见你,心里就生出一种感想。但这感想是惊是喜,或是别样意味,却分别不出,只觉得万分感激你,几乎要感极而涕了。霍先生,罗平所以肯放走我们,必是你设下什么妙计,将他逼得这样。但是什么妙计呢?俗说'死要死得明白',我想活也要活得明白,请你将那大概情形,说给我听。想你先生费去多少心思，将我救活回来，如今必不惜这口舌之劳吧？"

霍桑笑道："你莫说这些客气话了，我是个注重实际的人，听了怪觉难受的。这一次的事情，不能完全归功于我，其中却有许多天然凑巧的地方。"

于是霍桑就将怎样率领警察，去到平凉路，破获那个党窟、捉住几个党人，罗平又怎样写信来，要求走马换将，他自己又怎样押解党人，到那指定的所在，放走党人、掉回他们十二个人的话，择其紧要的，说了一遍。

甄范同道："罗平放回我们，虽是想掉回他的党人，但若没有你先生从中调度，捉住许多党人，我们又哪有回来的希望？这样想来，我们的性命，自然是你先生救活的了。非但我们应当感激你这救命之恩，就是警察长，也得感谢你救回侦探和警察的盛意呢！"

霍桑笑了一笑，又将罗平的汽车，怎能钻进那座高墙，自己又怎样破获那墙上的机关，也告诉他个大概。

甄范同听了，连声称奇道："墙上竟能装机关，又有这般妙用，罗平的心思，总算灵敏极了！只是天下的万事万物，当中都有个天然相生相克的道理。所以有了罗平，就再有你霍先生，事事能够制服住他，使得他的奸谋诡计，一样也不能彻底实行。否则罗平真个要横行一世，毫无顾忌了。"

霍桑笑道："你也不必尽着称赞我。我虽能制服罗平，但若不将他打倒，最好能解散了这个蓝三星党，那时才算是替社会上除去一个大害。然而这事谈何容易？照现在的情形看起来，张才森被人谋害，虽已查出真凶，并在平凉路党窟中，搜出张才森的图章——这正是蓝三星党谋财害命的铁证，于此可知张才森实系被党人害死的了——但张才森的汽车夫，现在被禁在什么地方，还未晓得，所以我必得再进一步。倘这汽车夫未死，就赶快救将出来，再设法捉拿罗平。如能也将他捉住，就可抵偿张才森的性命，这一件命案，方可结束。"

警察长道："只要你肯实力进行，无论什么奇难案件，总不愁不破，而况这件已有端倪的案件呢？"

霍桑笑而不答。

大众又闲谈了一回，霍桑这才起身告辞。

警察长和甄范同又说了许多感谢的话，再很恳切地道："方才你说设法捉拿罗平，以你的聪明，何愁没有良法？但当你实行的时候，务必先告诉我们一声，好叫我们心里明白。如有需要我们的地方，我们也可稍尽绵力。"

霍桑道："好。"当即点头告辞，和包朗一同走出警署，坐车子回到寓所。

霍桑到了家里，就嚷肚子饿，连忙吩咐用人，快拿点心来吃。

二人一面吃点心，一面又闲谈起来。

包朗笑道："甄范同的人格，真是卑鄙极了！回想当初在尸场上，他那副傲慢的神情，简直令人难受。依我的性子，就得走上前去，打他两下，出出我胸头的恨气。如今我们救了他的命，虽应当心中感激，但也不必说那些肉麻的话，再做出那种胁肩谄笑的样子。我在旁见了,几乎要作呕。"

霍桑道:"甄范同本是这一类的小人,你拿大道理来责备他,未免陈义太高了。对待这种人,最好抱着冷静态度:他怠慢我,我不见气;他奉承我,我不欢喜。如此,心中可省去多少烦恼呢!"

包朗点头称是,又道:"罗平这厮真个狡猾!倘若他将甄范同和那些警察,仍旧关禁在平凉路,当我们去查抄那个党窟时,不是早就将他们救出?何必拿党人去掉换呢?偏偏罗平将他们搬往别处,好似他预先料到那个党窟,已将不保,有几个党人,将被我们捉住,就特地留下甄范同和警察们,作为交换条件的一般。"

霍桑道:"这个并不足为奇。我早就晓得甄范同等必已不在平凉路了。因为罗平将他们送往平凉路,已被我们亲眼看见,罗平自得防备我们去救他们,那么怎肯让他们久住那里,等候我们去搭救呢?所以我查抄那党窟时,对于这事,一字不提题,也一些不放在心上。"

包朗道:"怪不得呢!当时我原也有些疑惑,但又相信你必已胸有成竹,方才如此,决不是一时忘却,所以我也未曾问你。只是如今却有一句话,必得问你个明白。你在警察署里,说是设法捉拿罗平,不知你可曾想定什么方法?如果还未有时,我以为你这句话,说得太早了。你想罗平那厮,实非平常的盗贼可比,怎能轻易被你捉住?万一你说出这话,将来竟不能做到,岂非与名誉有关么?"

霍桑笑道:"这个实是你多虑。你且看我的方法便了。"

包朗道:"那么你已有了方法不成?"

霍桑道:"虽未决定,却已在我的考虑之中了。"

要知霍桑究竟有何妙计,能否捉住罗平,且看后回书中,自有交代。

第二十章　安排巧计捉罗平

光阴过得真快，一转眼的工夫，距离霍桑换回甄范同时，已过去两天了。

这一天大早，霍桑吃过早饭，坐在办事室里一张写字椅上，不声不响，尽着发呆，包朗走进来好几次，都好似不曾看见。

包朗见他这样，知道他方斟酌什么事，便也不去惊动他，独自儿走出大门，在街上闲逛了一回，差不多十二点钟的时候，方才回家，走进门来，先问看门人："霍先生可曾出去？"

看门人回说："不曾。"

包朗随即走到办事室门前，见房门虚掩着，从门缝中向里瞧看，见霍桑还是坐在椅子上，仰首向着天花板，态度冷静极了，心中暗想："这两天来，他的脑力，运用真忙，一天到晚，几乎都是这个模样。他虽未说想些什么，但我料定他必是为了罗平的事。前天他在警察署里，夸下大口，说是必得想个方法，捉住罗平，替社会上除一大害。这话很容易说，这实行的方法，可就很累他筹划了。他已想了两天，不知可曾有些头绪。我委实放心不下，本想问他个明白，但又怕扰乱他的心思，还是等吃中饭的时候，再乘便问他吧。"

包朗想到这里，就要掉转身，到他自己的房里去，不料正在他转身的当儿，听得霍桑在室中喊道："包朗，有话进来说，站在门口做什么？"

包朗猛地里听他这一喊，倒吃了一惊，暗想："我站在这里，他怎能晓得呢？"当下带着这个疑问，推门进去，见霍桑的眼睛里，发出很强锐的光，直射在自己身上，又微微一笑道："你忽听我喊你，你必以为奇怪。其实我坐在这里，脑中虽有所思，我的精神，却仍能照顾到四面，视觉和听觉，并不因此稍为钝拙。所以当你方走到门前时，我已听见你的脚步声，本想不喊住你，让你走过去，但又听你站着不走，而且好久不走，于是我就料到你的心里，必是记念着我。你既有这番好意，我岂能叫你蹲在鼓里，闷得难受呢？你且坐下来，我们闲谈一回吧。"

包朗道："好。"就坐在霍桑旁边的一张椅上，说道："你这两天所筹划的，必是那捉拿罗平的方法，不知现在可曾有些头绪么？"

霍桑道："总算有些眉目了。"

包朗很高兴道："居然有了眉目！请问你预备怎样办呢？"

霍桑暂不回答，只笑说道："向来我是个喜欢说话的人，从前为了斟酌案情，虽也有时默坐着，但至多不过半天工夫罢了。这一次，我做哑子，竟然做了两天之久，真觉闷得慌。所幸闷出个结果来，心里还觉得快活，但不能再不说话了。恰巧你在这时候来了，我们正可高谈阔论一回，发泄我这两天来的闷气。"

包朗道："我正想详细问你，难得你也高兴说，这就再好没有了。"

霍桑却不就说，在写字台上，揭去一只香烟罐盖，取出两支香烟，分一支给包朗。

二人都燃上，吸了几口，霍桑这才说道："兵书上说道：'知己知彼，百战百胜。'这两句话，非但是统兵的将领，应当奉为圭臬，就是无论哪一等人，做哪一种事，也必须明白这个意思。我们做侦探的，更是一些不能疏忽。为什么呢？譬如有一个盗贼，做下一桩案件，这盗贼早已逃走了。侦探若要明了案情，捉拿凶手，必须先明白凶手所以犯案的意思，和犯案的手段，以及犯案后脱身的方法。倘对于这三者，都能了然于心，一些没有疑惑，这就所谓'知彼'。再当自审能力，可能将凶手捉住，如觉能力不敌，就当预先想好补助的方法，以免临时张皇。捉不住凶手，还是小事，甚至自身还得吃大亏。这就所谓'知己'。若能做到这个地步，就不怕凶手不就获了。可笑有许多侦探，探案失败，都是不曾明白这个道理，对于敌方的情形，既是一无所知，自己的能力，也未曾细细审度，就冒冒失失，做将上去，所以结果都是失败。包朗，你听我这番话，以为何如？"

包朗暗想道："我要问他的，是捉拿罗平的方法，可曾想到，他却和我讲起侦探学来。这才是答非所问呢！但他既然高兴说这番话，也不便打断他的话头。而且他说这番话，或者含有意思，更不能截住他。"于是就道："你这番议论，真是透辟极了！无论谁人听见，都得点头称是。"又笑道："只是对于捉拿罗平，有什么关系呢？"

霍桑用力吸了两口烟，很郑重地道："包朗，你这话问得大错，且不像是你问出来的。你须知天下事，总有个因果，若未曾种因，就不能收果，这是确切不疑的定例。方才我所说的那番话，譬如正是个因，因为我种下这个因，如今才能收到一个果。这果是什么呢？正是捉拿罗平的方法。"

包朗听了不响，只瞪着眼睛，呆呆地望住霍桑。

霍桑道："我这种解释，你或者不能明白，待我再详细地说给你听。包朗，你听了之后，立刻能明白我这几句话，委实含有至理了。"说时，掷去手中吸剩的烟头，又换上一支，吸了几口，咳嗽一声道："自从张才森这案发生之后，我方始认识罗平，才和他立于敌体的地位，各显神通，有如旧小说上神仙斗法似的。他虽能安排巧计，诱我入彀，但我也能出奇制胜，身体上并没受着一些损伤。而且他的特长之处，因此都被我识透。

"他的长处，只是心思灵敏，于机械学一道，稍有门经，所以能够设下各种机关，骗人家去上当。其实专靠着机关，纵能战胜人家，也不过是一时的，不是永远的。因为机关不能遍地布设，人却是活动的，决无永久只在一处的道理。那么万一到了没有机关的所在，就如游鱼离开水，不久定要干死了。

"我和罗平周旋了这许久，看他种种行为，敢断定他除掉布设机关以外，没有什么大能耐的。我既能寻出他这个弱点，总可谓之'知彼'了。我再反躬自问，虽不敢说有多大本领，但做了这许多年的侦探，凶狠和狡猾的盗贼，也曾见过许多，经验自问总算丰富。像罗平这种人，未尝无法制止他，所以对于'知己'一层，也算是很透切的。

"我既能知人知己，是已占了胜算，就不得不再求胜之之道。于是我拿罗平的弱点，当作个因，从这个因上，作彻底的研究，我就得着捉拿罗平的果了。"

包朗本低头默坐，听他解说，只不住地点头，表明心里极以为然的意思，等霍桑说到这里，才抬起头来，将烟头掷入痰盂，发出很恳挚的声音道："我明白了！你的意思，我都十分明白了。只是你所谓的'果'，自然就是捉拿罗平的方法，试问是什么方法呢？"

霍桑笑道："我说了这一大篇话，好似做文章。起势既然阔大，后面自必有好文章。其实只须两三句话，就可包括干净。因为我想捉拿罗平，不必用什么神秘的计策，只要将他诱出有机关的地方，或是破坏了他的机关，那时定可将他捉住。"

包朗道："这话原不错，但还是诱他出来，还是破坏他的机关，也没有个一定的去舍。"

霍桑道："是呀！我想万福桥的党窟，我们已经去过，机关委实很多，若要逐一地破坏它，既费手续，且无把握。我想还是诱他出来的为是。"

包朗道："怎样诱他出来呢？他何等狡猾，未必肯出来。"

霍桑道："这就得用方法去诱他了。"

包朗道："用什么方法呢？"

霍桑道："这方法着实不易，我已想了许久，总没有个妥善的方法，所以我又换了主意。"

包朗一愣,眼光直望着霍桑道:"又换了什么主意呢?"

霍桑道:"破坏他的机关,既很烦难,诱他出来,也无妥善的方法。我想来想去,最好用以逸待劳的法子。"

包朗很狐疑道:"什么叫作'以逸待劳的法子'?"

霍桑笑道:"以逸待劳,你不懂么?"

包朗道:"字义我虽还懂得,但不明白这法子怎样施行。"

霍桑道:"这个便当极了。如今我已拿定主意,预备明天到警察署里走一趟,和警察长商量,叫他选派四十名强干的警察,随同我到万福桥去,将那个党窟团团围住。党人困在屋里,自必要设法逃生,等他们逃出来,我们便可动手捉拿。他们党人虽多,未必都在屋里。在屋里的党人,至多二三十个,我们有了四十名警察,定可抵挡得住。倘若他们见我们人多,不敢逃出来,困在里面,也必不能持久。他们心慌,我们心定,这不是以逸待劳么?"

包朗听了这话,沉吟了一回,道:"方法虽好,不过我们所要捉拿的,却是罗平,并非党人。万一罗平并不在里面,在别一个党窟里,那么,我们行这方法的结果,只是捉住几个党人,还不能算是根本解决呀!"

霍桑道:"你顾虑到这层,正是你思想周密的地方,我应当赞成你。但是我测度蓝三星党的情形,罗平定在那里。"

包朗道:"何以见得呢?"

霍桑道:"我因为经过和调查所得,相信蓝三星党共有三处党窟:一处在桃源路,就是我们初次中计的所在;一处就在万福桥;

还有一处,在平凉路。如今这平凉的党窟,已被我们查抄,派有警察看守着,是不生问题的了;桃源路那里,虽也设有机关,但寥寥无几;机关最多、党人防守最严的,却是万福桥,可见得万福桥是他们的总机关了。罗平既是首领,对于一切党务,都得随时指挥,他自然住在总机关里,这是显而易见、确切不移的道理。所以现在我的眼光,只注意在万福桥。"

包朗道:"话虽有理,只是为防万一起见,我以为你实行这方法时,桃源路那里,也得顾到。"

霍桑道:"为特别慎重起见,却也未尝不可。不过我以为桃源路那里,定是无关重要的。你既这般说,我也可采纳你的意思,可叫警察长派甄范同带领几个警察,去防守那里。我们却专管万福桥便了。"

包朗道:"这样很好,我们就决定这样办吧。此刻横竖闲着无事,不妨去和警察长说明,叫他将警察派好。明天我们到了警察署,便可带着警察就走,免得耽搁。"

霍桑道:"这却不妥!这事务宜秘密,倘给罗平得着消息,他便可预筹抵制之法,或者他先行逃走,我们这个计划,就得失败了。我想明早去到警察署,向警察长说明之后,叫他立刻指派警察,我们随时带了走,出其不意,攻其无备,才可上算呢。"

包朗点头称是,又道:"你闷在家里,也有两天半。我见你不声不响,也很觉闷得慌。如今难得已有切实的办法,只等明天实行,此刻大可出去,闲逛一回,出出闷气,你道可好?"

霍桑道:"好。"

二人就吃中饭，吃完之后，略整衣冠，便一同走出去了。

有话即长，无话即短。一夜易过，已到明天。

当早间八点钟的时候，霍桑和包朗都已起身，吃过早点，便收拾停当，一同坐车到警察署。

到了署门口，问知警察长昨晚回家，此刻还未曾来。霍桑无法，只好和包朗在会客室里等候，一面叫人打电话给署长，请他立刻就来，莫耽误要事。

电话打出去不多时候，警察长便来了，将霍桑和包朗请到他的办公室里，各自就座。

霍桑见他眼光迟钝，分明还未睡醒，就打趣他道："我们来得太早了，惊破了你的好梦。"

警察长道："你说哪里话来？我本早已起身，你纵不打电话去，我也就得来了。但你来得这般早，想必有何要事？"

霍桑道："正是！我正有一件要事，和你商量。"当下就把昨天和包朗说的话，一一都向他说了，又道："如果这么办，我以为定可捉住罗平。"

警察长本是因人成事，没有独立主意的，听霍桑这般说，说得又这般起劲，就连声道好，又很热望地说道："你既以为可行，又有把握，便这么办好了。但是叫甄范同到桃源路，把守那个党窟，必得预先通知他，好让他赶快预备。"

霍桑道："这个自然。你就立刻招呼他吧。"

警察长便叫人把甄范同喊进来，向他说明一切。

甄范同听了这番话，神色很为沮丧，有气无力，答应了一声，又故意尼着不走。

霍桑见他这副神气，料到他的心里，必是为着吃过罗平的苦，如今不敢再单独出马，便安慰他道："我料定罗平必不在桃源路。桃源路党窟里，至多只有几个党人，你何必惧怕他们？尽管放大了胆，带领警察前去。到了那里，不必冲进屋里去，但将那房屋围住，如有党人逃出，就动手捉拿他。等我将万福桥的事办妥之后，就来接应你，这样你就可放心了。"

甄范同还是没精打采地道："桃源路那个党窟，我并不认识，不知在桃源路的哪一段。"

霍桑道："你从西凉路走过去，向南转两个弯，便是桃源路。那里有两三所洋房，你拣那一家的门外，装着一盏鸡心门灯，灯上有'潜庐'两个黑字，那便是罗平的党窟，你就分派警察，将这房屋围住好了。包管你到了那里，不必用武，无须开枪，没有一些危险。你放胆前去吧！"

甄范同无可奈何，只好答应，走出去预备去了。

警察长又将警察派定，都是全副武装，站在署门外等候。及至甄范同预备妥当，一行人众，当即动身。

甄范同带领十名警察，向桃源路去。

霍桑和包朗也带着四十名警察，直奔万福桥去了。

要知此去如何，可曾将罗平捉住，且听下回分解。

第二十一章　包围党窟

上回书中，说到霍桑和警察长商量定局，便派甄范同带领十名武装警察，前往桃源路，围困党窟。

霍桑、包朗也便率领武装警察四十名，直奔万福桥而去，一路行程来得快，不多时候，便已到了万福桥附近。

霍桑吩咐众人站住，高声说道："此去万福桥，已不足一里路。强敌在前，大众务必提起精神，严密防备才是。"又指着大道旁三条小路道："这三条小路，都能直通万福桥，顺着走向前去，恰好能将党人的巢穴团团围住，因此如今我要将大队分为四小队，就是每十人为一队。

"我率领一小队从大道向前，进至党窟的前面。你们三小队，各顺一条小路，走到党窟的左右和背后三面，但不可过于逼近党窟，不妨离开约有五六十码的地方，扎住队脚。

"那时我计算时间，大约等你们三小队，都已到了目的地，我便虚放一枪。你们听见这枪声，即便将队伍散开，互相联络。于是这四小队，就可成为一个大环，团团将党窟围住了。

"围住之后，不必先开枪，但须大声呐喊，惊动窟里的党人，他们自必立刻开火。但我们若不看见党人，预算枪弹已能个打中他们,仅可伏在地上,或是躲在可以掩护身体的障碍物后面,切切不必还手。一来不致虚废枪弹,二来使党人不能晓得我们来势的强弱。

"倘至必须开枪时,再行开枪,那时愿你们奋勇上前,无论党人怎样凶猛,千万不可退却。大功告成,在此一着!倘能捣破党窟,捉住罗平,诸位必都有不次的升赏。"

众警察齐声领命。霍桑当即将大队分为四小队,除掉自己带领的一小队,其余的三小队,吩咐立时上路。如言行事,这三小队警察,即便各走一条小路,上前去了。

这里霍桑又向包朗道:"我们也赶快前进吧。"

于是这十个警察在前,霍桑和包朗跟在后面,急忙向前走。

路上包朗忽向霍桑道:"我真佩服你。你所做的事,每每出人意料之外。"

霍桑听他这无头无脑的话,很不明白他的意思,问道:"你说这话的意思,指的是哪一件事?我这样分派警察,并无什么稀奇呀!"

包朗道:"这样分派警察,原没有什么稀奇。我所觉得奇怪的,就是万福桥这地方,你向来未曾到过,自从蓝三星党闹事之后,方才来过几次,却也是急急忙忙,那么你对于这里的地理,怎能如此熟悉呢?"

霍桑笑道:"我听你说觉得奇怪,以为定有什么大事,原来是这件小事。据我看来,一些也不奇怪,只怪你自家粗心,所以才这般大惊小怪的。万福桥我既已来过几次,随处留心察看,地理自然熟悉了。照你的意思,倘要熟悉一个小场所的地理,难道也须请几位测量员,测量了一遍,造成详细的地图,给你细看不成?这不是大大的笑话了么?"

包朗被他抢白了几句,自觉没趣,也不再说什么,但心里很佩服霍桑,想:"万福桥这地方,我和他一样,也来过几次,他竟能这般熟悉,真是了如指掌,我却不能十分清楚。即此一端,他的聪明才力,委实在我之上万倍了,我怎能不佩服他呢?"

包朗心里想这件事,霍桑的脑海中,也很为忙碌。他想:"我如此布置,虽算得很为周密,窟内的党人,似乎不能逃走,罗平必然被我们捉住,但是天下的事,每有出人的意料之外,实现时的景况,往往不及预料的那样美满。而况罗平又非常人可比,向来诡计多端,难保他不能在危急之中,想出死里逃生之法,竟然被他逃走。万一如此,那就万分糟糕了,不但与我的盛名有损,而且我的性命和社会上的安宁,也必发生危险。因为如今罗平纵能逃走,但党窟破获,总算失败在我的手里,他自然恨我切骨,想出方法,加害于我了。他若再迁怒到社会上,自必和社会上的人不肯干休,设法报仇,乃是意中之事。这岂不是万分糟糕了么?这样想来,如今我这一着,真是关系极大,务必捉住罗平,方可了事。然而究竟可能捉住他,也只有七八分的把握呢!事已如此,不必多方顾虑。他纵有逃生的诡计,难道我就没有阻止的方法?且到临时,随机应变,再作计较吧。"

这一行十二个人,都是默不作声,直向前走,走了一会,已到了万福桥。

霍桑向前看去，那座树林，已在目前，当即吩咐十名警察，一齐止步，又掏出时表，见时候还早，心想那三小队警察，走小路比较这里稍远些，这时大约还未走到目的地，于是又叫这十名警察伏在大道左右，每隔百步光景，便伏一人。

他和包朗也蹲在道旁，各人都不站起身，也不响一声，防着被党人看见，使他们有了准备。其实道旁本是野地，这时生满着野草，深可没胫。他们伏在当中，纵有人从大道上走过，若非预先晓得草里有人，特别留心细看，谁也不能瞧见的。这不过是霍桑做事老练，格外做得严密些罢了。

过了一会，霍桑再看时表，见已过去三十分钟，料到那三小队警察必已到了目的地，就向包朗说道："时候已到，我们就动手了。"又递个准备的信号给这十个警察。

这十个警察随即提起全副精神，两手端稳了枪，两眼直向前看，预备看见前面有人，便可开枪。

这时霍桑的态度，沉静严重，脸上无一些笑容，说话的声音，也高亢许多，可见他的神经很激动了。

他从贴近身旁一个警察的手里，取过快枪，扳开保险机，手指揿住开枪的机揪，向包朗道："只要这枪声一响，有如大战便已开场。事之成败，不多会就有分晓了。"

包朗的神气，也很为凝重，听霍桑这话，便高声应道："成功之神，正在前面向我们招手。我们赶快动手，早些拥上前去吧。"

霍桑听他这话，觉得很为雄壮，并含有祝颂的好意，庄重的脸上，不禁露出一些笑容。他就在这微笑的时候，手已扳动枪械，只听得嗖的一声响,直送上天空。响声随着空气的流动,必已传达至于四方,附近一带,自然都能听见这枪声了。

霍桑放了这一枪,随即将枪还给这警察,伸手入衣袋,先掏出一个望远镜,拿在左手里,右手再向袋里取出一杆手枪,紧紧地握着。但他既不用望远镜向前望,又不再开枪,只微微抬起头,似乎想什么,又像听什么。

这样不过几分钟点工夫,就听见左右一带,都起了一片呐喊之声。这里十个警察,也就大声疾呼。

霍桑这才放平了头,又笑了一笑,对着包朗道:"党窟已被我们包围。我们进行方法的第一步,是已达到目的,但不知后来的情形怎样了。"

霍桑说完这几句话,就举起望远镜,送到眼边,仔细向树林中望。他这副神气,简直是战场上督战的军官。他从树木的距离,和枝叶的空隙中望进去,隐约看见那座房屋,但里面似乎很沉静,并无什么动作,四周也无枪声,可证明党人尚未出面,因为若被警察看见,警察就得开枪轰打了。

霍桑看了一会,又向包朗道:"我想那树林之中、房屋之内,必然十分纷乱、惊诧不堪。本来他们党人,必都以为这个党窟,外有树林之蔽,内有机关之妙,谁敢走进拢来?真是个万全之地!如今斗然听见这枪声和呐喊声,料必是警察包抄前来,而且已逼近树林,他们哪有不纷乱惊诧的呢?"

包朗道:"这正所谓'乘其不意,攻其无备',我们才可操必胜之权。但何不就乘他们纷乱惊诧的时候,约齐四面,直冲进去,捉的捉，杀的杀，岂不直捷了当？何必遮遮掩掩，伏在外边，等候他们呢？"

霍桑摇头道："倘若冲将进去，势必短兵相接，他们反有了逃生的机会。我们纵能捉住若干、杀死若干，他们却也必能逃走若干，而且我们必致也死伤若干，和我原定的以逸待劳的计策，岂不大相违反了么？"

包朗道："当初你告诉我这种计策时，我听你侃侃而谈，我便不曾深想，以为是个好计策。但如今我细想起来，这计策也有非常危险。"包朗说到这里，顿了一顿。

霍桑即便接着问道："彼此开枪相打，本是危险的事。但你所说这'非常危险'，意思必系有所专指，不是一句空泛的话。"

包朗道："正是！居然被你猜着了，我的意思确有所指。我想我们将党人围在里面，他们逃既不能，守或又有所不可，与其守而待毙，不如逃或得生，那时拼命冲出来，来势必不可当。所谓'困兽死斗'，这不是非常危险么？"

霍桑道："你的意思虽然不错，但他们党人行事，不能以常理论断。我以为他们决不至如困兽之死斗。因为他们若能逃生出去，尽多活动的所在，岂肯和我们死斗，送掉性命呢？"

包朗不响。

霍桑也不再说，只管用望远镜朝前望，望了好多一会，并未望见什么，心里很为奇怪，暗想："党人何以这等镇定？明晓得已被我们包围，有如釜内之鱼，何以一动也不动呢？难道他们猜着我的心思，晓得我用这以逸待劳的计策，于是他们将计就计，有意守在里面，听随我们呐喊不成？倘若果是如此，我们非但不算以逸待劳，反变为'我们劳、他们逸'了。罗平毕竟是能干人，才能有这等见识、这等主意。"

他想到这里，包朗问道："四周何以没有枪声呢？"

霍桑道："我本来嘱咐警察们，若不看见党人，并已走进我们枪弹达到的所在，不必开枪。现在大约警察们未曾看见党人，自然不开枪了。"

包朗道："党人何能如此心定？竟不出外张望一下子么？这真有些奇怪呢！"

霍桑道："我也正为这一层，推测对方的心理，也觉得有些奇怪。我想来想去，以为当中必有道理……"

霍桑还要再说下去，却被远远的接连几枪声打断了话头，就和包朗急忙凝神细听，听出这枪声是从左方来的。

霍桑向包朗道："党人已在那方活动，必是想从那方逃走。"

包朗道："他们为何要从左方逃走呢？其实四方都有同样的埋伏，任凭从哪一方，大约都难得逃走。"

霍桑道："他们从左方逃走，内中却有个道理。你不熟悉这里的地理，自然不明白这个道理了。原来左方有条小路，走过去约莫有四五里路的光景，就是曹家浜的河岸，渡过河去，距离桃源路，至多只有三里路。他们所以从左方逃出，必是想逃向桃源路的党窟去。"

包朗听了这话，忽然很为得意道："原来如此！那么我预定的计划，却不能算错了。"

霍桑听他这无头无脑的话,一时不能明白,就问道:"你预定下什么计划呢?"

包朗道:"怎么你忘却了么?我竭力劝你派人到桃源路去,同时将那党窟围困。当时你虽答应我,但是很为勉强,以为是多此一举,所以和警察长商量,只派甄范同带十名警察前去。如今看来,这一种布置,却是必不可少的。因为那里既有警察把守,这里的党人,纵能逃出我们的重围,奔到那里,还得被那里的警察捉住。倘若没有这个布置,他们只须逃到那里的党窟里,我们又得多费一番手续,前往设法破获了。"

霍桑微笑道:"你虽言之成理,但事实上决非如此。因为我料定这里的党人必难突出我们的重围,无须桃源的警察帮我们捉人。"

包朗无话回答,一团高兴就立刻消失。

这时又听见左方的枪声,连续不绝,分明两下已经对打了。接着沿路的警察,用连接递信的方法,已将左方的信息,递到这里,说是左方有一队党人,大约有二三十人,从树林里想冲出来。警察伏在地上,开枪轰过去,虽未将他们打退,但他们再也冲不出来。这时警察并无死伤,党人却已打倒好几个了。

包朗听完就道:"这样看来,党人已集中左方。我们可将前、后、右三方的警察都调到左方去,和党人大打一场。"

霍桑不响,稍等一会,才冷冷地向他道:"你可是想放走罗平么?"

包朗被他这一问,问得呆了,瞪着眼睛,望着霍桑,回答不出。

霍桑又道："你怎么时而聪明，时而又这样糊涂？"

包朗道："何以见得我糊涂呢？难道，我方才说的话错了不成？"

霍桑道："自然是错了，而且是大错！你以为窟中的党人，都聚在左方么？其实只有一半，至多是一大半。其余的还藏在里面，等左方打得剧烈时，料定我们必将包围的警察，一齐调到左方去应敌，他们就乘虚从别一方逃走。这原是声东击西的老法子，怎能瞒得过我呢？"

包朗点头道："这话有理，我很相信。但我又得问你，你猜罗平现在在哪里？在左方指挥党人动手呢，还是藏在里面，静等机会逃走呢？"

霍桑道："你何必多此一问？罗平自然藏在里面。罗平虽非胆小的人，也不是贪生怕死的人，但见以为还未到山穷水尽的时候，前途尽多希望，岂肯就死？那么他又哪肯在左方冒险，不从别方设法逃走呢？"

包朗道："你这一番见解，委实有至理的，虽尚未有事实证明，但我已深信不疑了。只是前、后、右三方，地方很大，不能晓得罗平从哪一方逃走，防备就有些为难。"

霍桑道："这也没有什么为难，我自有对付的方法。"

当下霍桑也用连接递信的方法，先从左边递信给在左方的警察，叫他们放大胆子，鼓起勇气，随机应变，轰打过去，万万不可让党人冲出来，随即就加派警察来接济。再从右边发出信号，一直达到后方，吩咐沿路的警察不得呐喊，不得放枪，一齐贴伏在路上，倘见有党人从树林里偷走出来，还莫声张，等到已走近身旁，再突然跃起捉人。

这信号递出去之后，包朗问道："这是什么意思？"

霍桑道："我要罗平相信前、后、右三方的警察，都已调到左方，这三方已经空虚，他自然逃走出来。那时我再捉他，便无阻碍，他也无法隐藏了。"

包朗赞好道："将计就计，果是好计！罗平呀，恐怕你今番定难逃走了！"

不多一会，前、后、右三方，果已毫无声响，只有左方枪声仍很紧急。这时霍桑和包朗又都伏在道旁深草中，但霍桑两只锐敏的眼睛，不住地四下瞧看。

这样约莫过了十几分钟，忽见树林中走出一个短衣打扮的人，瞪着眼睛，四方望了一望，分明是探听消息的，望了一会，就回到树林里。随即又走出四个人来，东张西望，走上大道。

霍桑见了，向包朗轻轻地说道："罗平来了！极端注意，能活捉住他更好。"

说时迟，那时快。这四人已经走到霍桑的身旁，当中有一人，离开霍桑，只有两三尺远近。霍桑真个敏捷，从草里跳出来，举起手枪，照准这人的头部用力打下。

要知可曾打中，这人是谁，下章书中一齐交代。

第二十二章　罗平被逮

话说罗平正坐在室中，忽听得四面八方，呐喊声震动天地。他的神经，何等灵敏，就料到必是霍桑率领警察，前来包围，心中暗想道："我以为霍桑定用渐进主义，和我各显神通、各斗本领，谁先到了智穷力竭的地位，谁就失败。万不料他竟中途变计，改用这积极的手段，实行包围的方法。怪我一时疏忽，未曾防备他这一着，如今竟然被他围困在这里，有些难得脱身了。"

但罗平诡计很多，岂能就此束手待毙？他少加思索，便已有了主意，立刻调齐房里的党人，也有三十多个，就吩咐他们各携枪械，使出生平之力，向屋的左方冲打出去。

这三十多个党人奉了命令，就呐喊一声，直向左方冲去。

罗平还端坐在室里，一动不动，耳听左边的枪声和人声，闹成一片，知道打得很厉害，但前、后和右边三方，却只有人声，并无枪声。

这样过了一会，他又听得前、后和右边三方，都已寂静无声。于是他严肃的脸上，就露出一些笑容，向旁坐的三个党目说道："我这声东击西的方法，如今已收实效。霍桑见左方有大批党人冲打，以为我们的主力必在那里，他就将所有的兵力，集中到左方,和我们对垒。前、后、右三方,这时必已空虚。我们正可借此脱身,再图报复。但后、右两方,出路狭小,我们还是从前方逃走吧。"

说时,他已站起身来,摸摸袋里的手枪,又道:"事不宜迟,要走快走。你们三人,一齐随我来吧。"

于是三个党目,就紧紧随着罗平走出大门,来到树林里面。

罗平复又站住,回头向一个党目道:"急先锋,派你先到树林外面,察看一番,有无动静,快来回报!"

急先锋应声道:"是。"就独自走出树林,睁大眼睛,向四下里望了一回,见除掉路旁野草,被风吹得有些摇动以外,并无特异的现状,当即回到树林里,笑嘻嘻地向罗平道:"恭喜首领!外面毫无动静,大胆走出去便了。"又叽咕着道:"霍桑果真聪明,这里就该设下埋伏,我们不是就不能脱身了么?"

罗平喝住他道:"闲话少说,当心走路!"

急先锋不敢再说,就紧紧靠着罗平,走出树林,上了大路。还有两个党目,也跟随在旁边。他们四人,都是胆大心定,直往前走。

走了不多几步,罗平忽见路旁的深草里,一阵乱动,接着跳出两个人来,心知有异,一面想将身子向旁闪开,一面伸手去掏手枪。说时迟,那时快。后脑骨上,早已被人打中一下,顿觉眼前金星乱迸,头昏脑涨,站立不稳,便跌倒在地。

急先锋和两个党目见了,惊得魂飞天外,急忙想来搭救,怎奈草丛里面,早又扑扑地跳出几个人来,措手不及,都被他们陆续打倒。随即用很粗的麻绳，将这四人的手脚都捆个结实。

这时罗平业已清醒，向来人望了一望，就哈哈一阵怪笑道："霍桑，你用这诡计骗人，虽能将我捉住，却算不了真正的本领。"

霍桑也笑嘻嘻地道："像你的党窟里面，布满了机关，我几次三番上了这机关的当，方始被你捉住，难道那就能算是你的真本领不成？罗平，我今天虽将你捉住，但我总承认你是个好汉，你也不必说这种闲话。大丈夫既有本领做事，就有肩头掮事。成败生死，算不了一回事的。"

罗平点点头，就不说什么了。

霍桑这时精神抖擞，立刻发下命令，将前、后、右三方埋伏的警察，一齐调到左方去应战，又将罗平推到阵前，给党人看见，并亲自向党人高声说道："如今你们党魁罗平，已被我们捉住。你们好似无头的蛇，再也不能凶狠，而且被我们围在当中，纵有凶狠的手段，却也施展不出。依我劝，你们还是赶快放下枪械，归降我们。我姑念你们一时糊涂，以致陷身贼党，定然替你们恳求上官，饶恕你们，都不治罪。倘再执迷不悟，我们的人数，比较你们多上几倍，只须一齐动手，不消一个小时，定能将你们杀个精光，不剩一个。这当中的利害，你们仔细想想吧。"

霍桑说完这番话，便叫警察们暂时住手，给他们一刻考虑的时间。

这边停手不放枪，那边的枪声，也立刻停止。方才是个枪弹横飞的热闹所在，此刻却很为沉寂，一些声息也没有了。

不多一会，霍桑就见从树林当中，踊出一队党人，倒提着枪，直向这边走来,并高声喊道:"我们情愿缴械归顺,但求勿治已往之罪。"

霍桑也高声答应,就吩咐警察将他们的枪械收下,点清数目,恰是二十二人,又在树林里面,搜出六个死尸,并枪六杆。

霍桑叫警察严重看守,这才向包朗道:"罗平已被捉住,党人也已归降,大功可算已是告成。如今我们应当进去搜查党窟了。"

包朗道:"正是。但这许多党人,派警察在外面看守着,还是一齐押进党窟呢?"

霍桑道:"自当一齐押进党窟,较为慎重些。"

包朗道:"我也是这般想。"

当下这四十名警察,就押着罗平和二十五个党人,以及枪械,都跟着霍桑和包朗来到党窟门首。

霍桑忽又伸手将众人拦住,即便向罗平道:"这党窟之中,当初你费去多少心思,布置下许多机关。如今不幸事已失败,还得费你的心,指示我们,好将种种机关完全毁去。"

罗平听了这话,脸上露出十分惋惜的样子,随又叹了一口气道:"事已如此,叫我怎能再保全呢?"

当下他就从大门起,将一道道机关的构造说明。

霍桑督率众人,依法毁灭。毁去一道机关,便进一重门户。一连毁了二十几道机关,方始来到内屋。

罗平道:"机关已全毁去了。你们倘要搜查,尽管搜查,一些没有阻碍了。"

霍桑道:"好。"便将罗平和所有的党人,都关在一间阔大的房里，派定二十名警察，谨慎监守。他便和包朗带了二十名警察四处去搜查。

霍桑向包朗道："我想张才森的汽车，必然藏在这里，汽车夫不知死活，方才我忘却问罗平。如果还活着，自必也在这里。"

包朗称是，又道："横竖这里所有的机关，都已毁去，我们可以通行无阻。俟将这屋里查遍之后，总能查出个分晓来。"

霍桑点头，于是即动手搜查，一连查了十几个房间，虽搜出许多党书、党证，还有很多未经销去的赃物，衣服、首饰、古玩、图书，几乎无一不有。

霍桑一面搜，一面向包朗道："仅就这些赃物上看来，蓝三星党先后共犯的案子，不知有多少起，社会上受他们的害，于此也可推知了。"

包朗道："还算破获得快，否则他们的党人，越加越多，势力越弄越大，将来的为害，恐怕还要甚于如今若干倍呢！"

霍桑道："这个自然。但是这些不关重要的赃物，已经查出，张才森的汽车，怎么还不见呢？"

包朗道："只要那汽车果然是在这里，迟早总得搜出，不必性急。"

霍桑道："汽车还在其次。我第一要搜出的，是那个汽车夫，不知被罗平关在哪里。"

包朗道："我们再搜便了。"

他们又搜了一回，房屋都已搜遍，并不见有一人，哪里有什么汽车夫呢？

包朗道："那汽车夫或者已被罗平杀死，不然，就关闭在别处。"

霍桑道："蓝三星党的党窟，共有三处，如今我们已破其二，都未搜出那汽车夫，难道罗平将他关在桃源路的党窟中么？"

包朗道："这事很容易晓得，用不着多费脑力，待我去问声罗平，便知分晓了。"

包朗说这话时，霍桑的眼光，忽然专注在一个所在。

包朗正要去问罗平，霍桑已将他拉住，指着这个所在道："你看这卧床的后面，怎么安放着一张大橱？这种陈设，不是很特别么？"

包朗道："虽觉特别，但也没有深意。"

霍桑摇头道："我却以为颇有深意呢！"随即吩咐四个警察，上前去，移开那张橱，但用尽气力，也移不动。

霍桑便向包朗道："如何？这当中定有深意了！我想这必是一道机关，不知罗平偶尔忘却，还是有意不说。"又叫警察拉开橱门，却也拉不开。

霍桑走前去细看，看了一会，才见橱的右方，有一个小铜钮，用手按在上面，并未费力，橱门早就开了，露出一个大洞来。望下去，微有亮光，伸脚下去试探，却有做就的阶级。

霍桑道："原来是个秘密地窖。我想窖中定然禁着人，说不定就是汽车夫，你们大众，随我下去吧。"

霍桑在前，众人跟在后面，一同走下地窖。大约走过二十多重阶级，便已到了窖底。

霍桑见地上躺着一人，上前去推推他，他就坐将起来。

霍桑向他道:"我们不是党人,是来搭救你的。你随我们出去吧。"

那人一骨碌跳起,随着众人,来到窖外。

霍桑见他年约二十多岁,脸色灰败,头发散乱,分明已是被禁多日,再盘问他一番,果然正是张才森的汽车夫。

霍桑很为欢喜,心想:"汽车夫既已搜着,汽车的所在,待问了罗平便知,不必再乱搜了。"当下分派十名警察,在这里看守党窟,其余的三十名,便押着罗平和党人,大奏凯旋之歌,回奔警察署去了。

警察长自从派了十名警察,跟随甄范同到桃源路去,又派了四十名警察,由霍桑带往万福桥去后,不知他们此去胜败如何、吉凶如何,很觉放心不下,心想:"霍桑既然这样说法,自必有成竹在胸,倘能马到成功,将罗平捉住,捣破党窟,蓝三星党就此瓦解冰消,这番大功,自然属之霍桑。但我也曾预闻此事,自然也有些功劳。而且蓝三星党既经解散,社会上面,如那些杀人抢物的案件,自必不能常有,于是我们警察界中也得安宁许多了。但是罗平那厮足智多谋,诡计百出,未必就能俯首贴耳,听霍桑捆捉。甚至他再设下诡计,诱骗霍桑,万一霍桑再上了他的当,四十名警察当然不是罗平的对手。若再闹出像甄范同上次全军覆没的乱子,那可真个糟糕了!"

警察长左思右想,越想越觉心焦,不住地在办公室里团团乱转,好似无头的苍蝇一般,连中饭也无心多吃,胡乱吃了一些之后，就又在办公室里乱转。

看看已经到了三点多钟，还不见他们回来，心里更是发急，自言自语道："如能得手，必不费事。既经费事，恐怕就难得手了。唉！可怜他们都是高高兴兴、活泼泼地去的，但不知他们回来时，剩有几人。这几人当中，又不知是怎么模样，难保没有断臂折腿的惨状。"他想到这里，似乎已真个看见那种惨状，惊得几乎狂喊出来，连忙坐在椅子上，定了一回神，才觉心神略为安静点。

又过了一会，忽见那值日的警察急忙忙地跑进室内。警察长正要问他什么事，这警察已先说道："霍先生和四十位兄弟们都回来了，还押回来许多人，大约正是那党人了。"

警察长听了这话，从椅子上直跳起来道："真的么？"说时，早已三脚两步跑了出去，果见霍桑正站在门首，指派警察将那些党人严重监守，就跑到霍桑面前，一把拉住他的臂膀道："霍先生，恭喜你大功已告成了！"

霍桑向警察长点头微笑，又指着一人向他道："这正是张才森的汽车夫。我们可将他带到里面，问问当初出事的情形。"

警察长道："好。"

霍桑又指一人向他道："你认识这人么？他就是大名鼎鼎蓝三星党的首领——绰号叫'东方亚森·罗苹'的罗平。"

警察长随即将罗平望了一眼，就看着警察将这些党人分别监禁起来，这才和霍桑、包朗，还有那汽车夫，一同来到办公室里面。除掉汽车夫站在室门口，余人都各就座。

霍桑先将万福桥的种种情形，详细告诉警察长，就向那汽车夫道："你把当初你主人如何遇害的详情，一一说将出来。"

汽车夫就道："那天我开着主人的汽车，一直开到芦泾浜附近。那里本来荒凉，人烟稀少。我们的汽车，走得正快，忽听后面也有部汽车急急跑来。当时我原不介意，不料那部汽车走得真快，不多一会，早追上我们的汽车，差不多成为平行线。这时我又见那汽车中有一人，举起右手，手里不知拿着一件什么东西，直对着我主人。说也奇怪，我主人就立刻倒在车中。我这才明白那部汽车，来路不正，就想开快车逃走，但是那人早已将我的汽车拦住，又不知拿了一件什么，在我脸上晃了几晃，我便觉头昏眼花，不知人事了。也不知过了多少时候，方始醒来，我却已被关在一个地窖里，每天有人送些茶饭给我。我向这人探问，方知他们是蓝三星党人。可怜我主人已被他们害死了，我以为一定也死在他们手里，再也不能逃生出来。谁知上天保佑，今天竟有你们来将我救出。这真是出我意料之外呢！"

霍桑听他说时，连连点头，等他说完，才向警察长道："如今还有一件东西，不知下落，就是张才森的汽车，稍等去问罗平一声。"

汽车夫插嘴道："据那送茶饭给我的党人说，我主人的汽车，已被罗平卖去，卖了二千五百两银子。"

霍桑笑道："罗平冒名盖章，私填支票，向银行里骗去三十万元。这二千五百两的汽车，还不肯便宜人，定要卖出钱来归他自己，似乎也太小气了。"

他们正谈得起劲，甄范同也已回来。他说："带领警察，去到桃源路,毫不费事,便寻着那所房屋,当即围住。起初屋内并无动静,后来却有两个人,想溜出来,被我看见,就将他们捉住。他们说是想溜出来给罗平送信的,屋里还有七个人。我想我们人多,怕他们做甚?当即冲开大门,闯了进去,陆续将那七个人捉住。如今我派了六名警察在那里看守,其余的便随我押同九个党人回来复命。"

警察长见两处都已成功,且未曾死伤一人,这一欢喜,真是非同小可,先安慰了甄范同,叫他下去歇歇,又叫那汽车夫暂且回到张才森家去,这才笑向霍桑和包朗道:"这事全仗你们二位的大力,才能成功。非但我佩服,无论何人,也得佩服。但你们自从着手以来,也着实冒了几回险,非有坚心毅力的人,恐怕早就退缩了。于此可见天下的事,若无坚忍的心,决不能成功的。你们有这种坚忍心,所以能成功这件大事,将来论功行赏,你们二位,必得地方上的非常酬谢呢!"

霍桑笑道:"我岂贪图酬谢的?不过因为我生性好奇,每遇有疑难的事,总得明白了内容,方觉安心罢了。我们忙了这一天,精神很觉疲倦,须得回家去歇歇,明天再来望你吧。"当即和包朗告别出来,一直回家去了。

从此以后,"东方福尔摩斯"霍桑的大名,更是无人不知、无人不晓,人人称呼包朗,却也称作"东方华生"咧。

(全书完)

编后记

　　张碧梧（1897—?）是民国时期主要的侦探小说家之一，代表作是为数几十篇的"家庭侦探宋悟奇探案"系列。另外，他还著有若干篇"私家侦探王侠公"系列等侦探小说。但研究者历来似乎对他的生平和创作关注不多，能搜集到的相关史料也很有限。

　　1923年2月1日，《小说日报》发表了一篇由孙季康撰写的《近代小说名家小史·张碧梧》，文章用文言写成，只有六百余字，但却是后世研究者介绍张碧梧时经常会"翻译"引用的重要史料。兹抄录如下（标点和分段为引者所加）：

　　　　小说家张碧梧氏，扬州仪征人。先祖时，家有良田百顷，闾巷著富名。至乃父时，渐中落，衣食时虞不周，以是氏虽颖悟，未得深造。

　　　　年弱冠，即出谋生。迨时，氏之表兄毕倚虹先生，方主《时报》并《小说时报》笔政，怜氏穷，思携之，乃购英文说部畀氏，嘱事翻译。氏狂喜，沉首案头，孜孜研求。未几，遂成《断指手印》①并长篇数则,刊于《小说大观》及《小说时报》中,见者咸惊服。

氏母闻之,颇自慰,尝抚膺曰:"吾得此子,不更求矣!"

而氏于此时,已能独出心裁,自撰巨篇。《小说画报》中之《虎口余生记》②,即其创始之作,深受读者赞赏。

厥后,复得倚虹绍介,主办无锡之《商务日报》并《梁溪日报》等笔政。未几,两报均停版,乃至浙江之萧山,任头蓬沙地事务分所主任。时氏之年,方二十有一也。

年余,去萧山职,重游海上,襄办《乐园日报》,兼任《中外新报》翻译,是后巨篇鸿著,日多于海上各日报各杂志中矣。

而氏于此时,名既成,然尚好学不倦,略无倨傲自满之意,此其所以蒸蒸日上而无已也。

季康曰:"余慕氏之名久矣,顾荆州无缘一识,心滋憾也。今者,本报有近代小说名人之刊,窃谓如氏之苦学力行,世间曾有几何?亟亟探其大概而传之,或亦诸同志所乐闻乎!谓或天假我缘,得与氏举觞论文,则三生有幸矣!"

---

① 《断指手印》,标"侦探小说",英国 A.Jones 原著,碧梧、倚虹同译,1916 年 3 月刊于《小说大观》第五期。
② 此处疑为作者误记,可能应为社会小说《劫后余生》,1919 年 2 月 1 日刊于《小说画报》第二十期。

在创作"家庭侦探宋悟奇探案"之前，张碧梧于1921年9月16日至1922年8月23日，在著名通俗小说期刊《半月》第一卷第一号至二十四号上连载了长篇侦探小说《双雄斗智记》（共连载22次，其中第十、十六号未刊载），之后上海大东书局还以上下册的形式出版了该书的单行本。此次整理出版的《双雄斗智记》即以《半月》杂志连载版为底本。

《双雄斗智记》封面
（来源：孔夫子旧书网）

作为民国最著名的侦探小说家程小青（1893—1976）先生的好友，《双雄斗智记》的创作，正缘于其代表作"霍桑探案"系列的影响。彼时，"东方福尔摩斯"霍桑的大名已广为读者熟知，一些作家的侦探小说中也陆续出现了霍桑的身影，诸如：孙了红"侠盗鲁平奇案"系列中，霍桑就多次作为鲁平的对手出场；在赵苕狂滑稽侦探小说"胡闲探案"系列之《谁是霍桑》中，"失败的侦探"胡闲还曾受人委托，去寻找"真正的"霍桑。

相比之下，《双雄斗智记》则是一部彻头彻尾的"霍桑同人小说"，而且还是一部篇幅十余万字的长篇小说。其创作初衷正如作者在前言中所云，是特意为"东方之福尔摩斯"塑造一个可"以与之敌，而互显好身手"的"东方亚森·罗苹"。

当代读者可能只熟悉孙了红笔下的"东方亚森·罗苹"鲁平，其实民国侦探小说中号称"东方亚森·罗苹"的人物着实不少，除"鲁平"外，尚有何朴斋（何可人）"东方亚森罗苹奇案"系列中的"鲁宾"、柳村任（柳存仁）"梁培云探案"系列中的侠盗"南方雁"，以及《双雄斗智记》中的蓝三星党党魁"罗平"。

从诞生时间上看，张碧梧笔下的"罗平"应该算是最早版本的"东方亚森·罗苹"。也正因张碧梧别出心裁地搞了一次中国版的"福尔摩斯 VS 亚森·罗苹"，才使得《双雄斗智记》在连载时还闹出了一段霍桑粉丝"为民请愿"的文坛趣事。

对此，程小青在《侦探小说的多方面》（收录于 1933 年 1 月上海文华美术图书公司《霍桑探案汇刊》第二集）一文中曾回忆道：

> 有好多读者，常用文字发表，或写信给报志编者或著者，来称扬霍桑。或有同情的作者，要求和霍桑较一较高下，先写信请求他的谅解。他都是很感激和诚意接受的。我记得有一次碧梧老友，写了一篇《双雄斗智录》，刊在《紫罗兰》上，写蓝三星党和霍桑作难。这原是一时游戏之作，在霍桑本毫不介意，却不料因此激动了中西女塾里的四位高材生的不平。她们竟认假作真地写信给《紫罗兰》的主干瘦鹃老友，声言碧梧先生把霍桑写得蠢如鹿豕，挖苦太过，要求更正。后来碧梧兄竟也从善如流，把原来的设计改变了一下，最后

的结果，霍桑到底占了胜着。这一回事，在霍桑也觉得是感纫无尽的！

上述回忆中，程小青将《双雄斗智记》误记成《双雄斗智录》，《半月》也被记成了《紫罗兰》。不过，这并不影响它所揭示的问题：《双雄斗智记》确实有别于程小青笔下的"霍桑探案"故事，并不重视"推理"，一开篇罗平就自认凶手，剩下的故事就只是看霍桑如何设计捉拿他了，所以整个故事更偏向"智斗流"侦探小说的路子。但"智斗"情节如果写不好，就会给人一种角色比较蠢笨的"降智"感，也难免当时的读者会为霍桑叫屈了。罗平与霍桑的对决，在一番"七纵七擒"之后也就草草收场，最后以罗平被霍桑设计活捉而告终。

可以说，《双雄斗智记》虽然披着侦探、科技的外衣，但骨子里玩的依然是类似侠义小说中"机关术斗法"的传统套路，这与当时一众模仿"福尔摩斯探案"的侦探小说相比，确属另类。

不过，罗平的故事并未就此结束。1925年4月7日和9月18日，吴克洲在《半月》杂志第四卷第八号和第十九号分别发表了《卍型碧玉》[1]和《樊笼》。其中《卍型碧玉》开篇即道："鼎鼎大名的剧盗，'东方亚森·罗苹'罗平，自从为了枪杀张才森案（事

---

[1] 《卍型碧玉》曾收录于任翔主编的《百年中国侦探小说精选（1908—2011）》第三卷《雪狮》，北京师范大学出版社，2012年10月出版。

详本志第一卷张碧梧君著之《双雄斗智记》中），被'东方福尔摩斯'霍桑，费尽了千辛万苦，设计活擒。关入狱中后，只隔了一夜工夫，在第二天的早上，就发现他逃狱了。"

这两篇侦探小说在张碧梧《双雄斗智记》的人物与情节基础上进行续写，是围绕罗平越狱后的经历和冒险展开的新故事，可视作"东方亚森罗苹新探案"系列。

正如程小青所说，《双雄斗智记》不过是张碧梧的"一时游戏之作"，但同时也是他侦探小说创作的起点，在"东方亚森罗苹探案"的谱系与"霍桑探案同人小说"之中，均占有一席之地。

至于张碧梧的侦探小说代表作"家庭侦探宋悟奇探案"系列，由于篇目众多，就有待将来再系统整理吧。

华斯比

2022 年 3 月 11 日于上海